— 書き下ろし長編官能小説 —

隣人の淫ら家族

美野 晶

JN053583

竹書房ラブロマン文庫

目次

この作品は、竹書房ラブロマン文庫のために
書き下ろされたものです。

第一章　巨乳歌姫の誘惑

東京の自宅から車で一時間半ほど走った街に、山中憂真《やまなかゆうま》の祖父が暮らす一軒家がある。

築数十年。けっこうくたびれてきてはいるが、まだ古家というほどでもないその家で、優真はこの春から二ヶ月ほど暮らすことになった。

「優真、ありがとな留守番してくれて」

孫である優真と入れ替わりで祖父は入院することになっている。とはいっても重病の類《たぐ》いではなく、痛みが出た膝の手術とそのあとのリハビリのためだ。

「なに言ってんだよ祖父《じい》ちゃん。泊まる場所が出来て助かっているのは俺のほうさ」

優真は東京生まれの東京育ち、エンジニア五年目の二十六歳だ。主に食品の工場などで使う機械の製作をする会社に勤めている。

ちょうど祖父の家の近くに大手食品メーカーの地方工場があり、そこに新たな加工機械を納入する仕事があるのだが、その関係で二ヶ月ほどこの街で寝泊まりする必要ができたのだった。

納入といっても搬入してはい終わり、ではない。とくに今回は工場拡張による新規の製造ラインを作らなくてはならない。

コンベアで繋《つな》がれた何台もの機械を据《す》え付け、それがちゃんと稼働《かどう》することを確認するまでは、納品終了とならないのだ。

（ちゃんと動いてくれたらありがたいけど……そうもいかないか……）

工場用のこういう機械というのは一点もののオリジナルで、それらを何台も繋ぐのだから、まず最初からちゃんと動くというのはあり得ない。

据え付けたあとなんども調整を繰り返したのち、やっと本稼働となり、さらにそこからしばらくは状況を見守るために現地に滞在せねばならない。

そんな事情もあって、優真は機械の面倒を見る間、祖父の家に留守番がてら滞在することにしたのだった。

「まあ植木の水やりだけ頼むわ」

「うん、任せておいてよ、また見舞いに来るよ」

すでに入院している祖父の病室で家のカギを受け取り、優真は車を走らせた。

祖父の着替えやなんかは、病院の近くに住んでいる叔母が面倒を見てくれるので、優真の役目は留守番と祖父の趣味である盆栽《ぼんさい》や植栽の水やりだけだ。

(久しぶりだな、この街も)

車が祖父の家がある街に近づくと、見覚えのある建物や公園が目に入ってきた。

小学生くらいまで優真は夏休みになると、長期間この祖父の家に遊びにきていた。東京にはない自然に恵まれた田舎町《いなか》を、毎日、自転車を借りて走り回り、虫取りや釣りをしていた記憶が蘇《よみがえ》った。

「この家は変わらないな」

そんな思いを抱きながら車を走らせ祖父の家にたどり着いた。二階建ての一軒家に庭と車庫もある。

以前と変化しているのは、全体的に古ぼけたのと、祖母がいなくなっていることだ。いないといっても死んだのではない。祖母は得意の語学を生かし、いまは台湾で日本語講師をしていて、日本にはたまにしか帰ってこないのだ。

「まあ元気でなによりだよ」

そんなことを考えながら、優真は車のトランクから自分の荷物を下ろす。

祖母は、祖父の手術のときは帰国して立ち会ったが、すでに台湾のほうに戻って仕事に励んでいるらしい。

「まあ俺もこれからたいへんだし」

明後日の月曜日からはさっそく、工場に行って打ち合わせが始まる。

機械の据え付け後のトラブルなどを考えたら憂鬱《ゆううつ》になりそうだが、あまりネガティブになっても仕方がないと、優真は祖父の家の前の道路に出て深呼吸した。

「この家は相変わらず、大きいよな」

優真は中学に入ると部活に打ち込むようになり、ここに来るのは十二、三年ぶりというところだろうか。

隣家は祖父の家の何倍あるのだろうかと思うほどの豪邸で、その威容は以前と変わっていなかった。

「あとで挨拶くらいは行ったほうがいいよな」

優真が小学校に入る前は、豪邸の場所は畑で、その向こうにお隣《となり》となる長山《ながやま》家があった。

そこには祖父の又従兄弟《またいとこ》になるというおじいさんとその妻、そしてその娘の姉妹が暮らしていた。

姉妹の妹である長山桜《さくら》は、十代後半の頃にデビューして、瞬《また》く間《た》に超がつくような売れっ子となったシンガーソングライターだ。

　それ以来二十年ほど、彼女はトップアーティストに名を連《つら》ねている。

（この前もドームツアー完売だって言ってたっけ）

　いまは歌姫とまで言われるようになった桜は、隣にあった畑の土地を買い取り、スタジオも併設した家を地元に建てた。

　それがこの豪邸で、二階建てのコンクリート造りで独立した離れまである。その離れがスタジオになっていて、優真が小学生のころにここに来たときに、バンドメンバーを連れて合宿をしていたこともあった。

（香苗《かなえ》さんも……旦那さん亡くなったって聞いたけど……）

　桜の姉、香苗は、この豪邸が建つ少し前くらいに結婚して両親と同居していた。

　祖父の話では、その旦那さんは数年前に病気で亡くなってしまったらしい。

（すごい美人だったもんなあ……）

　香苗は色白の丸顔で瞳が大きな美人で、そして優しかった。子供の優真のことも気遣ってくれ、庭で花火やなんかを一緒にしてくれたりした。

（いまも綺麗《きれい》なんだろうな）

　最後にあったのは優真が小学校最後の年だっただろうか。香苗には娘がひとりいて遊んであげた記憶があった。その娘に慈母の微笑《ほほえ》みを見せる香苗もまた美しかった。

そのあと思春期になった優真は、人妻にほのかな恋心を抱いている自分が怖くなり、思いを振り切るように部活に熱中した。

そして夏休みも部活を言い訳にして、祖父の家には行かなくなった。

大人になったいまは、中学生が年上の女性に憧れの気持ちを抱くなど、別に珍しいわけではないとわかるのだが、当時はいけない感情を持ってしまったと深刻だった。

「香苗さん……」

もちろん優真にとって高嶺《たかね》の花。遠くにいる人だというのはいまも変わらない。

ただ大きな長山家を見あげていると当時の記憶が掘り起こされ、恥ずかしいような、また近くに来られて嬉しいような気持ちになり、思わず香苗の名を口走ってしまった。

「男ってほんとにああいうタイプの女が好きだよね」

そのとき、どこからか女性が声をかけてきた。

「そりゃまあ、美人だし優しいし……ええっ」

優真は祖父の家の前の道路にひとりで立っていたはずだ。なぜ声がしたのか、慌てて うしろを振り返った。

「久しぶりだね、はは、いちおう見た目は大人になってんじゃん」

背後には革ジャン姿の長身の女性が立っていた。茶色が入ったロングヘアーをうしろで束ね、瞳のすっきりとした美女だ。

「さ、桜さん、ええっ、なんでいるの？」

背筋を伸ばし、ブーツを履《は》いた長い脚で道路に堂々と立っているその女性は、香苗の妹、桜だ。

芸名は長谷《はせ》サクラとしている。立っているだけであきらかに一般人とは違う特別なオーラを感じさせた。

「なによ、ここ私が建てた実家だし、いてもいいじゃん。それよりあんたのほうでしょ、ずっと来てないって聞いてたけどね、香苗から」

実の姉を呼び捨てにしている気の強い桜は、優真の肩を抱いて顔を近づけてきた。

桜は子供のころの優真のことを弟のように可愛がってくれていて、実は香苗よりもこの人のほうが当時、仲がよかった。

「うわっ、酒臭っ。昼間っから呑んでるのかよ」

その分、いじられもしていたし反抗もし慣れている。よく見たら缶ビールを手にしている桜に文句を言いながら、両手で押し返した。

大スターのくせに昼間から缶ビールを持って歩いているようなところは、以前とまったく変わっていなかった。

「いいじゃん、お休みだし。ビールは散歩のお供でしょ」

ケラケラと笑いながら桜は缶ビールを飲み干した。

「うわあ、アル中」

昼間から人目も気にせず嬉しそうに酒を呑むスターに、優真は引いていた。

「誰がアル中だ、失礼なこと言うな」

アル中呼ばわりされた桜は、唇を尖らせて優真の耳を引っ張ってきた。

「いてえええ、痛いって」

桜は確か三十七歳になるいまも結婚はしていないはずだ。なにかのインタビューで音楽に熱中していたから結婚どころではなかったと言っていたが、こういう性格に問題があるのではないか。

そういえば昔よくプロレス技をかけられたと、耳の痛みに声をあげながら優真は思い出していた。

「まあいいや、なりだけでも大人になったんだから、お酒付き合いいな」

痛がる優真をにやけた顔で見ながら、桜は耳を引っ張ったまま歩いて、長山家の勝手口にあるインターホンを押した。

「おーい、ちょっと出てきて」

インターホンに取りつけられているカメラに向かって、桜が大声で言った。

「どうしたの、桜」

邸内からはなにも返事がないまま、少しして勝手口のドアが開き、黒のカットソーにロングスカートの女性が現れた。

「香苗さんっ」

サンダルを履いて慌てて出てきた様子の女性を、優真は耳を引っ張られている痛みも忘れてただ見つめた。

黒髪を頭のうしろでまとめ、化粧もほとんどしていない感じだが、大きな瞳が可愛らしく丸みのある頬《ほお》は艶《つや》やかだ。

(き、綺麗だ……)

最後にあったときから、けっこうな年月が経っているというのに、当時と変わらないどころか、香苗はさらに美しくなったように思う。

そしてさらに熟《じゅく》した女の色香までまとっているように思え、優真はただ見惚《みと》れるばかりになった。

「あら優真くん、お久しぶりね。立派になって」

そして話しかたや声も相変わらず優しい。まさに優真の理想を体現しているような女性だ。

「ご、ご無沙汰してます、香苗さん」

見ただけで胸が高鳴り、優真は挨拶をするのが精一杯だ。

「ちょうど散歩から帰ってきたらコイツがいたからさ、一緒に呑もうと思って」

そんな優真の横にいる桜は、姉にそう言いながらまた耳を引っ張った。

「いてえ、痛いってもう、いたたた」

なんだかさっきよりも力が入っていて、かなり痛い。憧れの香苗の前で格好悪いが、優真は大声をあげた。

「ちょっと桜ちゃん、いい加減にしなさいって。優真くん大丈夫」

香苗が二人の間に入ってくれ、桜がようやく手を離す。結果、優真の目の前に香苗が立つことになった。

(いい匂い……)

桜からはアルコールの臭いしかしなかったが、香苗からは花のような香りがした。

(この匂いに包まれたい)

優真は鼻の穴を精一杯に開いて香苗の香りを堪能《たんのう》した。このままずっと香苗のそばにいたい、そんな思いだ。

「優真くん、どうしたの、平気？」

少々、間抜けな顔になっているであろう優真を、香苗が心配そうに覗《のぞ》き込んできた。

じっと見つめる二重《ふたえ》の瞳に吸い込まれそうになる。そして、同時に少し開き気味になった香苗の黒いカットソーの胸元がのぞけてしまった。

（う……見ちゃいけない）

とっさに目を背《そむ》ける優真だったが、一瞬だけ見えた白のブラジャーとそれに負けない色白の巨乳が目に焼きついていた。

香苗は全体的にムチムチとしているというか、出るところは出たボディの持ち主で、カットソーの胸のところも大きく前に突き出していた。

「おーい優真、呑むぞ」

こちらは姉と違って長身でスレンダー体型だが、共通点はバストやヒップが豊満な妹の桜が、勝手口のところから手招きをしていた。

「ちょっと桜ちゃん、まだ日も高いのにだめよ。ねえ優真くん、おじいさんから全部聞いてるから、私に出来ることがあったらなんでも言ってね」

祖父から入院することも、優真がしばらくここで暮らすのも聞いていると、香苗は心配そうに言った。

「い、いえ、なんとかなります。はい」

本音では香苗に甘えたいところだが、優真はつい見栄《みえ》を張ってそう言ってしまった。

「うふふ、そうよね、もう優真くんも大人だものね。でも今日は桜ちゃんに付き合ってやってもらってもいいかしら。晩ご飯でも一緒にどう？」

優真の気持ちをたてながら、香苗は優しく誘ってくれた。どこまでもいたわりのある女性だ。

「は、はい、じゃあお邪魔します」

これ以上を断るのはかえって失礼だと、優真はそう返事した。もちろん本音は嬉しさのあまりにジャンプしそうだった。

「うふふ、ありがとう。さあ、あなたもお休みだからってずっと呑んでちゃだめよ」

香苗は優真に微笑みかけたあと、桜の革ジャンの背中を押して家の中に入っていく。

勝手口をくぐるときにもう一度こちらを見た美熟女を、優真は呆《ほう》けた顔で見送るのだった。


日が暮れて、優真は招きに応じて長山邸を訪れた。

「あまりたいしたものはないけど」

香苗はそんな風に謙遜《けんそん》しているが、食卓のテーブルにはたくさんの皿が並んでいた。

「とんでもない。どれも美味《おい》しいです」

海からほど近い場所だということもあり、新鮮なお刺身に煮付け。それに肉料理や野菜のスープまであった。

そのすべてが美味で、優真は箸《はし》が止まらなかった。

「おおい、お姉さんのグラスが空になってるぞ」

テーブルの対面で微笑む香苗の隣には、すっかり出来あがっている桜がいた。

すでにビールから焼酎に移行していて、飲み干したら優真につげと要求してくる。

「はいはい」

優真は腰を浮かせてグラスに焼酎を注《そそ》いでいく。自分も付き合って呑んでいるからけっこう酒が回ってきていた。

「ひひひ、優真と呑む日がくるとは思わなかったよ、嬉しいねえ」

顔を赤くした桜は楽しげに笑っているが、ろれつがほとんど回っていない。

(ほんとうに同一人物なのか……)

桜の野外ライブの放送を見たことがあるが、まさに大スターの貫禄《かんろく》だ。

夏のイベントでいくつかのバンドが出演していたが、桜が出てきた瞬間から一気に会場の空気が変わるのが画面越しにも感じ取れた。

そして客と一体となったステージは圧巻の一言だった。

「ひゃっひゃっ、呑んでるときがいちばん幸せ」

食卓のイスに片脚を乗せ、いまはTシャツの上半身を背もたれに預けながらひとりで笑っている。

とてもじゃないが、歌姫、長谷サクラと同じ人間とは思えなかった。

「ちょっと、桜ちゃん。お行儀が悪いわよ」

そんな妹を隣で座る香苗がたしなめている。まあ優真にとっては目の前の桜のほうがよく知った彼女だ。

粗暴なところもあるが、スターになったあとも優真に対する態度は変わらなかった。

「ごめんね、結美菜《ゆみな》も帰ってこないし、この子はこんなだし」

対面に座る優真を気遣って香苗が謝ってきた。香苗の娘である結美菜は理系の大学に通っていて、実験やなにやらで帰れない日もあるらしい。

幼いころから物静かで、そしてよく本を読んでいた子だったが、研究者の道を目指していると母である香苗が話してくれた。

「結美菜も家ですりゃいいのにねえ、せっかく離れを改装《かいそう》したんだから」

桜は隣の姉にもたれかかりながら、そんなことを口にした。

長山家の庭には、優真の祖父の家とを隔《へだ》てる塀の手前に平屋の離れがあり、以前は桜がスタジオとして合宿をしたりしていたが、いまは沖縄に専用のスタジオを持っているので、結美菜が自宅でも実験が出来るように改装したと聞いた。

「もう重たいって」

桜にもたれかかられて、香苗はうっとうしそうにしている。性格も見た目もかなり違う姉妹だが、昔から仲は良かったように優真は記憶していた。

そして香苗は、結美菜を産んだあといくつかの資格を取り、いまは自宅で仕事をしているそうだ。

（う……）

桜がもたれている場所がちょうど香苗の胸のところで、いまも昼間と同じカットソーの下の乳房が歪《ゆが》んでいる。

巨乳の片方が真ん中に押されて持ちあがり、さらに大きさが強調されていた。

（やばい……ほんとうに勃《た》ってきそう……）

清楚《せいそ》な雰囲気をもちながら、身体のほうはグラマラスに成熟している香苗の色香に、優真の愚息は反応を始めていた。

いけないと思うのだが、桜が動くたびに柔軟に形を変える香苗の巨乳から目が離せない。

「あ、そうだ、優真あんた童貞でしょ。そんな感じするわ、ひゃははは」

鼻息も荒くなってきた優真に、桜は突然、顔を向けて言った。

「ば、馬鹿言うなよ。いまは彼女はいないけど、ちゃんとしてたわセックスくらい」

優真自身も酔っ払っていることもあり、売り言葉に買い言葉な感じで、とっさに言い返してしまった。

たしかに優真は自他ともに認める平均的な見た目だ。顔も大人しめで男の友人に童貞っぽいと小馬鹿にされたりもしたこともある。

ただもう二十六歳になるので、それなりの性経験くらいはあった。

「言うねえ、ははは、あ……」

桜が大笑いしたあと、隣の香苗を見て小さな声をあげた。

慌てて優真もそちらを見ると、香苗が真っ赤な顔をしてうつむいていた。

「ごめん、ちょっと……」

耳まで赤くしたまま香苗は席を立つと、広い食堂スペースから出て行った。

「ははは、相変わらず純情だねえ、何歳なんだよ、なあ優真」

セックスの話が恥ずかしくて香苗はこの場にいられなくなったようだ。

こちらは酒で真っ赤になった顔を崩して大笑いしながら、桜がこんどは優真のほうを見た。

「ど、どうした優真」

振り返った桜は驚いて口をぽかんと開いた。

「香苗さん……」

卑猥《ひわい》な奴だと香苗に軽蔑された。もう話もしてくれないかもしれない。

この地に来て早々、すべてが終わったような気持ちになり、優真はイスの上で、この世の終わりのような顔をしてうなだれるのだった。


祖父の家に戻った優真は、すぐに風呂に入って寝ることにした。

二階には空き部屋があり、そこを好きに使えと言われていた。

「終わりだ……なにもかも」

別に香苗と交際しているわけでもないし、十数年も会っていなかったというのに、優真は長年の恋人と別れたような気持ちになっていた。

どうしてここまでショックを受けているのか自分でもわからないが、とにかく気持ちが沈み、布団を頭から被《かぶ》ってふて寝していた。

(どうしてこんな目に……)

香苗との間になにか起こることを期待していたわけではないが、桜に恨み言のひとつくらい言いたかった。

そのとき部屋の窓をなにかが激しく叩いた。

「え……嘘《うそ》だろ……」

どんどんと窓ガラスを叩く音が続いている。しかもここは二階で、窓の向こうは小さな屋根があるだけだ。

「強盗？　でも窓を割るならともかく、ノックする強盗なんかいるか？」

泥棒の類いならこっそり侵入するはずだし、もしかして田舎町だから猿かなにかが山から下りてきたのかと、優真は恐る恐るカーテンを開いた。

「優真、私だよ、私」

向こうもカーテンが開いたことに気がついたのか、すぐに声が聞こえてきた。

「桜さん、なにやってんの」

声の主が桜だとすぐにわかり、優真は慌てて窓ガラスを開けた。

「いやー、夜分恐れ入ります」

先ほどと同じ、Tシャツにパンツ姿の桜が小屋根の上に立っていた。

桜はそのまま窓枠を跨いで部屋に入ってきた。

「どうやってあがってきたんだよ」

「塀にのぼったら簡単にあがれたよ」

平然とした顔で桜が言うので、窓の外を見ると、確かに長山家の高い塀にのぼれば、小屋根は目の前だ。

暗い長山家の庭を見ると、塀にのぼるためのハシゴまで置いてあった。

「危ないなあ、玄関から呼んでくれたらいいのに」

万が一落ちたりしたら簡単に骨折しそうな高さである。大スターの桜がそんな怪我《けが》をしたら、いろいろなところに大迷惑がかかるだろう。

「いやあ、灯《あか》りがついてるのが見えたから、こっちのほうが近いかなと思って」

靴を手に持って裸足になっている桜は少しばつが悪そうに笑った。

「さっきはごめんよ、傷ついちゃった？」

とりあえず靴を置いた桜は、窓のそばに立つ優真の顔を覗き込んできた。

「な、なんの話だよ、誰も傷ついてなんか……」

こんどは優真がばつが悪くなって視線を逸《そ》らした。香苗に嫌われただろうと傷ついていたのは事実だが、桜の前で認められるはずもない。

そもそも、そういう目で香苗を見ていること自体がおかしいからだ。

「ふふ、ごめんよ。でも香苗はちょっと恥ずかしかっただけって言ってたよ」

優真の視線のほうに回り込むようにして、桜は身体を屈めて見つめてきた。

「だから別に落ち込んでなんかないって」

さらに逃げるように優真は身体を回転させた。ただその理由は、香苗のことを突っ込まれたくないからだけではなかった。

(やっぱり美人だ……直視出来ん)

大スターだからというだけではない。桜は優真がまだ幼いころ、彼女がまだデビュー前で高校生の時代から美女だった。

香苗とはタイプが違い少し気が強そうな感じだが、切れ長の黒目がちの瞳に通った鼻筋、少し大きめの口元が笑顔になると、頬にえくぼが出来る。

日頃、男ばかりの職場でこんな美女と向き合う機会などない優真は、まともに目が合わせられなかった。

「やだもう、つれないなあ、昔は桜お姉ちゃん、桜お姉ちゃんって、可愛い子だったのに」

桜は不満げに口を尖らせている。そんな拗《す》ねた顔も美しかった。

「い、いつの話だよ、うっ、えっ」

たしかに昔は桜お姉ちゃん、香苗お姉ちゃんと呼んでいた。それもまた恥ずかしくなって、畳の上に立つ美女に優真は背中を向けた。

そのとき、スエットパンツの股間が強く摑《つか》まれた。

「な、なにしてんだよ、ええっ」

もちろん摑んでいるのは桜だ。優真の背後から細い腕を回し、スエットのパンツ越しに肉棒を握っていた。

しかもやっているのは超有名シンガーだ。優真は驚きのあまりただ固まっていた。

「えっ、あれっ、なにこれ」

うしろからモノをなんどか揉《も》んだ桜が、急に素《す》っ頓狂《とんきょう》な声をあげて手を離した。

そして素早い動きで優真の前に回り込み、畳に膝をついてスエットパンツを摑んできた。

「うわっ、だめだって」

桜はさらに優真のトランクスまで一気に脱がせてきた。あっという間に下半身裸にされて優真はただ狼狽《うろた》えるばかりだ。

「あんた、なにこれ。どうしてこんな立派なのをぶら下げてるのよ」

トランクスを脱がされると当然のように、男のモノが飛び出してくる。優真のそれを、目を丸くして見つめながら桜は強く握ってきた。

「なにこれって、最初からついてるモノだから仕方ないだろ。うっ、こらっ」

優真自身も自分の肉棒が普通よりも大きいのは知っている。据え付け工事のあとなどに職人さんたちと銭湯に行ったりすることもあるが、毎回驚かれる。

ただ別に自分で望んで大きくしたわけではなく、生まれつきだ。それを言おうとしたとき、桜がいきなり肉棒をしごきだした。

「だめだって、なにしてんだ、うっ、くうう」

桜のきめの細かい肌の指が、肉棒に絡《から》みつくように擦《こす》り始める。いけないとは思うが正直、気持ちいい。

優真は自然と腰をくねらせて、少しこもった声まであげていた。

「だって、こうなったら大きくなったところも見たいじゃん」

吸い寄せられるように優真の股間の前に膝をついた桜は、嬉しそうに笑いながら、ずっと手を動かしている。

しかもその動きは巧みで、男の亀頭のエラや裏筋を優しく摩擦していた。

「じ、自分の立場をわかってるのかよ、うう、くうう」

あまりの快感に優真は膝が砕けそうだ。肉棒も激しく脈打ち、当然ながらどんどん大きさを増していく。

若い肉棒が血管を浮きあがらせて硬化し、天井のほうを向いて勃ちあがった。

「ええ、こんなサイズになるんだ。しかも固い」

エラも隆々と張り出した亀頭を見つめる桜は、優真の言葉も聞こえていない。

切れ長の瞳を妖しく輝かせた桜は、ピンクの舌を出してチロチロと舐《な》め始めた。

「だから、こんなの公《おおやけ》になったら、うっ、くううう」

唾液《だえき》にまみれた舌がねっとりと自分のモノを這《は》い回る。しかも昔から美人で、いまはスターの女の舌だ。

優真は奇妙な興奮を覚え、畳に立っている両脚をガクガクと震わせていた。

「今夜はプライベートなんだから、お隣のお姉さんと男の子でしょ。それに私、別にあんたとならバレてもいいかも、んんん」

いったん舌を離して微笑んだ桜は、いつもはファンを魅了する声を発する口を大きく開いて、亀頭部を飲み込んできた。

温かい桜の体温に男の敏感な部分が包まれ、頭の先まで快感が突き抜けた。

「くううう、それってどういう、ううう、くううう」

バレてもかまわないとはどういう意味なのか。それを問おうとしたが優真はもう声が続かない。

桜のフェラチオはどんどん激しくなり、優真は耐えきれなくなって畳に座り込んだ。

「んん、ぷは、優真、そのままじっとしてて」

優真が畳に尻もちをつくように座ったことで、一度肉棒を吐き出した桜だったが、すぐに自分も身体を屈め、胡座《あぐら》の優真の股間に顔を埋めてきた。

そのときに見せた微笑みが、なんとも熟した女の色香に溢《あふ》れていて、優真はまたドキリとしてしまった。

「んんんん、んく、んんんん、ん」

混乱する優真を尻目に、桜はさらに怒張を喉奥《のどおく》のほうまで飲み込んでいく。

茶色が入ったロングヘアーの頭が大胆に動き、亀頭が濡れた粘膜に絞られるように擦りあげられる。

「うう、桜さん、すごい、うう」

いつしか優真は身を任せるばかりとなり、腰を痺《しび》れさせせる快感に飲み込まれていく。

（あの桜さんが俺のチ×ポをこんなに一生懸命に……）

優真が高校生のころに一度、ライブに来ないかと祖父を介して連絡をもらったことがあったが、受験勉強を理由に断ってしまった。

会場は東京で訪れやすかったし、一日くらいは休んでも問題なかったのだが、辞退したのはやはり、桜はもう天上人になったのだという思いがあったからだ。

「ううう、桜さん、気持ちいいよ、うう」

そんな記憶も呼び覚まされ、優真はますます興奮してくる。男のモノを舐めるなど想像も出来ない女性が、いま自分のモノをフェラチオしているのだ。

優真はもう身も心も興奮の極みにあった。

（ここもずっと揺れてる……まさかノーブラ）

さっきの夕食時と変わらないTシャツ姿で、背中を丸めてしゃぶる桜に胸元が、やけに弾《はず》んでいるように優真は思えた。

よく見ると布にボッチが浮かんでいる。ブラジャーをしていないのか。

その疑問を抱いた優真は吸い寄せられるように手を、自分の股間に顔を埋めている歌姫の胸元にもっていった。

「んん……んく、んんんんん」

布越しに優真の手が触れた瞬間だけ、桜はちらりとこちらを見たが、そのまま肉棒をしゃぶり続けている。

(やっぱりノーブラだ)

フワフワと柔らかい乳房に指が深く食い込んでいく。ブラジャーの感触はまったくなく、優真はTシャツの布越しに柔乳を揉みしだく。

かなりのボリュームがあり、男の手にもあまる巨乳を両手で揉み、乳首を軽く摘《つ》まんだ。

「んん、ぷはっ、あ、やあん、優真のエッチ」

乳首を刺激された桜は肉棒を口から出して、身体を起こした。一気に声色《こわいろ》も甘い響きに変わっている。

(俺が桜さんに声を出させている)

いつも強気な桜が自分の指で喘《あえ》いでいる。しかも整った顔を少し歪ませ切れ長の瞳を潤《うる》ませている。

優真は異様な興奮を覚えながらさらに乳首をこねたあと、桜のTシャツを脱がせにかかった。

「ひん、優真、それだめ、あ、やあん」

口ではだめだと言ってはいるが、桜は素直に身体を起こし、Tシャツを頭から抜き取られて上半身裸になった。

中から片方が彼女の頭よりも大きいのでは思うほどの巨乳が、ブルンと弾んで飛び出した。

「す、すごいスタイル」

その巨乳は大きいだけではなく形も美しい。さらにウエストが大きくくびれているうえに、お腹周りには腹筋が浮かんでいた。

「ボーカリストは鍛えとかないとね。ふふ、でもおっぱいはGカップあるんだよ」

膝下までのパンツ姿の下半身を畳に正座させ、上半身を起こした桜はにっこりと笑った。

Gカップというサイズにも驚きだが、細い腰回りとの落差がさらに巨乳を引き立てているようにも見えた。

「まあ香苗はIカップもあるから、さすがに負けてるけどね」

唾液に濡れて色っぽく輝く口元をほころばせて、桜は自虐的に言った。

「あ、Iカップ」

昼間、ついのぞいてしまったカットソーの奥にあった香苗の柔乳。いけないと思いつつも優真はそれを思い出して目を見開いた。

そんな持ち主の昂《たか》ぶりに反応したのか、胡座座りの股間でそそり立つ肉棒がビクンと跳ねるような動きを見せた。

「私としてるときに他の女想像して興奮すんな、馬鹿」

若い怒張の動きに桜も気がつき、腹立たしげな顔になって亀頭の辺りを手ではたいていた。

「いっ、痛《いて》え、なんだよ、自分が言い出したんだろ」

軽くとはいえ、勃起状態の肉棒を平手打ちされて優真は前屈みになった。

ただ一瞬でも香苗の乳房を想像していたのだから、失礼といえば失礼だ。

「仕返しさせてもらうよ」

そんなやりとりをしていると、もう大スターとこんなことをしてもいいのかというためらいも薄れ、優真はあらためて目の前の桜の巨乳に手を伸ばす。

二つの柔肉をゆっくりと揉みしだきながら、乳輪部がぷっくりと膨《ふく》らんだ、淫靡《いんび》な感じのする乳頭に舌を這わせた。

「あっ、こら、優真、それは、あっ、ああああん」

細身《ほそみ》のボディにはアンバランスな巨乳を絞るように揉み、乳首を強く吸いながら舌で刺激していく。

桜はけっこう敏感なタイプのようで、大きく口を割り甘い声を古めの和室に響かせている。

(桜さんを俺が感じさせている……)

フェラチオの際にも感じたが、スターの桜が自分の愛撫でよがっている姿を見ると、優真はさらに興奮が深まる。

どこかいけない行為をしているような気持ちが、男の淫情をかきたてるのだ。

「あ、優真、ああああん、そんなにしつこく、あ、ああ、だめだって、ああ」

乳輪部が膨らんだ乳首の突起が、優真の唇の中で固く勃起している。

それを音がするほど強く吸い、もう片方の突起は指でこね回した。

「あ、はあああん、あああ、優真、あっ、あああん、はあん」

感じるあまり大きく背中をのけぞらせたあと、桜はへなへなと畳に崩れ落ちた。

優真の唇や手が乳房から離れていく。愛撫が止まっても桜は息を荒くしたまま、上半身裸の身体を横たえている。

「もっと感じてよ、桜さん」

いつもは凛々《りり》しい瞳をうっとりとさせている桜を見ていると、優真はもう止まれなくなり、彼女の膝下までのパンツを脱がせていった。

中からブルーのパンティが現れ、それも一気に引き下ろした。

「あっ、優真、なにを、あん」

色白で長くしなやかな二本の脚の間に、優真は自分の身体を入れた。

自然に仰向《あおむ》けになった歌姫の股間に、熟女らしくみっしりと黒毛が生い茂っている。

優真はそこに顔を持っていくと、ピンクの裂け目に舌を這わせた。

「あっ、あああ、それ、ああ、だめ、ああ、待って、あああん、あああ」

優真の舌先が秘裂の上のほうにある肉の突起に触れると、桜の声がいっそう激しくなった。

一糸まとわぬ裸体がのけぞり、白い両脚がくねりだす。

「あ、あああん、優真にこんなに感じさせられて、ああ、くやしい、ああん」

弟分と思っている優真によがらされて、桜はそんな言葉を口にした。

ただ顔はずっと崩れているし、抵抗をするわけでもない。

(くやしいって言いながら燃えてるのかな、桜さん)

文句を言いながらもされるがままの桜は、どんどん声を大きくしている。そしてクリトリスの下では膣口が開いて愛液が溢れ出していた。

もしかすると優真に対するくやしいという思いが、桜の性感をさらに燃やしている
のかもしれない。
「んんん、んんん」
強気な桜にまさかのマゾ的な性癖がある。それを感じ取った優真はピンクの突起に
強く吸いついた。
「あああ、ひいいいいん、それだめ、あ、あああああん」
すると桜はもう絶叫のような声を家具もない和室に響かせ、仰向けの身体をくねら
せている。
その胸板の上でたわわなGカップがフルフルと揺れるのがまた艶《なま》めかしい。
(すごく濡れてきてる)
そしてクリトリスの下にある膣口は、もうぱっくりと口を開き、ダラダラと愛液を
たれ流している。
甘く淫靡な香りも立ちのぼり、奥を覗くと厚めの媚肉《びにく》がうごめいていた。
「もういい？　桜さん」
桜の股間から顔をあげて優真は言った。熟した感じのする濡れた女肉を求めて、優
真の愚息はずっと脈打っていた。

「うん……」

潤んだ瞳でこちらをちらりと見たあと、桜は小さく頷《うなず》いた。

照れたような感じの赤い顔もまた新鮮で、なんとも心がかきたてられた。

「いくよ」

優真は桜の長い脚を抱えあげると、肉棒を濡れた膣口にあてがった。

そしてゆっくりと彼女の中に亀頭を押し込んでいった。

「あ、優真、あ、ああ、あああああん」

中はかなりぬめっていて、優真の大サイズのカリ首もすんなりと飲み込んでいく。

先端が入るのと同時に、桜はいっそう声を大きくし仰向けの身体をのけぞらせた。

「うう、桜さんの中、熱いよ」

優真はこれだけ年上の女性とするのは初めての経験だった。熟した媚肉はねっとりとした感じで亀頭のエラや裏筋に吸いついてくる。

中もかなり熱さを感じさせ、優真はもう本能のままに腰を前に押し出していった。

「あっ、優真の、あああん、大きい、はあああん」

胸板の上でGカップの巨乳を波打たせながら、桜はひたすらに喘いでいる。

白い肌もピンクに上気し、腹筋が浮かんだお腹がヒクヒクと引《ひ》き攣《つ》っていた。

「もうすぐ全部入るよ、うう」

自分の肉棒の大きさはわかっているので、優真はいつも、いきなり奥まで入れるようなことはしない。

ただ今日は桜の媚肉の感触が甘すぎて、我慢出来ずに膣奥のさらに奥まで怒張を押し入れてしまった。

「えっ、まだ奥に、えっ、あっ、はあああああん」

優真の肉棒がまだ収まりきっていなかったことに、桜はびっくりした顔を見せる。

ただ次の瞬間、亀頭が子宮口を持ちあげながら膣奥に突きたてられると、大きく唇を割り開いてのけぞった。

「全部入ったよ、桜さんの中に、うう」

「あ、あああん、優真、あああ、深いよう、ああん、ああ」

苦しんでいるのではと心配になったが、桜はしっかりと優真の巨根を受けとめ、甘い声をあげながら仰向けの身体をよじらせている。

熟した肉体は見事な包容力で、優真のすべてを受け入れてくれている。

「ああ、桜さん、うう」

そんな美熟女に甘えるように、優真は欲望のままに腰を振り出した。

血管の浮かんだ巨根が大きなストロークで、ぱっくりと口を開いた膣口を出入りし始めた。

「ああ、優真、あああん、これ、すごい、あ、あああ」

正常位で怒張を受けとめる細身の身体が、畳の上で前後に動き巨乳がフルフルと弾みだす。

乳首も完全に尖りきっていて、半開きの唇が濡れているのが色っぽい。

「あああん、あああ、ああ、奥、ああ、いい、ああ、ああ」

感情のほうもずいぶんと高まってきている様子で、もうずっと虚《うつ》ろな目線でよがり泣きを続けている。

正直、桜がこんな顔をする姿など想像も出来なかった。

「桜さん、体勢を変えるよ」

このまま正常位で突き続けてもよかったのだが、優真はふと思いついて桜の腰に腕を回して抱えあげた。

肉棒は挿入したまま身体を入れ替えて優真が畳に横たわり、桜の身体を自分の腰の上に乗せた。

「はあああん、優真、ああ、もっと奥に、あ、あああん」

体位が騎乗位に変わり、優真が桜を見あげる形になった。迫力のある巨乳がブルンと弾み、均整のとれた上半身が大きくのけぞる。

この体位になると正常位よりも深く肉棒が入り、最奥を怒張で抉《えぐ》っていた。

（こうして見あげると、ステージの上の桜さんを犯しているみたいだ）

それが優真が体位を変えた理由だった。ステージの上でよがる歌姫を見ている気がして、なんだか変に興奮した。

「桜さん、すごくエッチだ」

畳に寝た優真は下から怒張をピストンさせた。桜のしなやかな下半身が優真の腰の上で弾み、怒張が膣奥を突きまくった。

Gカップのバストが白い肌を波打たせながら、迫力満点に踊り狂っている。

「ひいん、これ、あああん、だめえ、あああん、私、ああ、おかしくなる、ああ」

桜と優真は両手の指を交差させて握りあい、ただひたすらに喘ぎ続ける。

よく見ると桜自身も腰を前後に動かして優真の怒張を貪《むさぼ》っていた。

「俺も気持ちいいよ、桜さん、おお」

肉棒の先端が媚肉に強く擦られ、甘い快感が腰まで痺れさせる。

身を任せていたいという気持ちも起こるが、桜をもっと感じさせようと優真は激しく腰を突きあげた。

二つの柔乳がいびつに形を変えながら弾みまくる。

「あああ、ひいいん、だめえ、あああん、激しい、あ、ああああん」

二人の股間がぶつかる音がするほどの強い交わりに、桜は頭をガクガクと前後に落としている。

「桜さん、すごくいいよ、うう、吸いついてくる」

指を絡ませている手をギュッと握り、優真はもう汗の粒が流れている桜の顔を見た。

これもライブ映像などで汗まみれで歌う彼女のようだ。ただいまは顔が完全に快感に蕩《とろ》け、一匹の牝となっている。

そして桜の昂ぶりに反応するように、媚肉も強く絡みついてきた。

「ああん、いい、ああん、もうすぐイッちゃうわ、優真にだめにされてる、ああ」

年下の優真にボロボロになるまで感じさせられていると、桜は少しくやしそうにしている。

同時にマゾの性感も昂ぶっているのか、媚肉がなんども脈動して肉棒を締めてきた。

「そうだよ、俺のチ×チンが桜さんを感じさせてるんだよ。気持ちいいだろ？」

少し上から目線で優真は言うと、自分の股間に乗った桜の桃尻が持ちあがるほど怒張を突きあげた。

別に桜に対して偉そうに振る舞いたいわけではないが、そのほうが彼女の性感を煽《あお》れると思ったからだ。

「ああん、ああっ、ゆ、優真のおチ×チンで感じてるわ、あ、あああん、すごくいいのう、あああ、気持ちいいよう」

切なそうな顔で喘ぎながら、桜は優真の顔を見つめてきた。切れ長の瞳は完全に蕩けていて、濡れた唇も小刻みに震えていた。

「俺もすごくいいよ、桜さんの中、気持ちいい、うう」

強気さのかけらもなくなった桜の顔を見ていると、優真もさらに興奮してくる。媚肉の粘っこい絡みつきもあり、少しでも気を抜いたら射精してしまいそうだ。

「あああん、来て、あああ、今日は大丈夫な日だから、ああ、私も、はあん」

中出しをしてもいいと告げながら、桜はスリムな身体をのけぞらせ、優真の腰を挟んでいる両脚を震わせた。

「うう、うん、ほんとうにいいの？　くうっ」

もう肉棒は暴発寸前で、いまにも精液が飛び出しそうな状態だ。ただ大スターの桜を妊娠させたらとんでもないことになると、優真はさすがに躊躇《ちゅうちょ》した。

「ああ、あんたはなにも心配しなくていいよ、あああん、私が欲しいのっ、ああ、優真の精子ちょうだい、ああ」

巨乳をユサユサと弾ませながら、桜は唇を半開きにして訴えてきた。

潤んだ切れ長の瞳、すっかり乱れたブラウンの髪。一種悲壮感のようなものを漂《ただよ》わせる美熟女に優真は魅入られて、繋いだ手を強く握った。

「いくよ、桜さん、おおおっ」

気合いとともに優真は下から怒張を激しく突きあげた。桜の細身の身体がバウンドし、怒張が大きく開いた膣口をピストンする。

その結合部から愛液が飛び散り、粘っこい音まであがった。

「あぁん、イク、あああ、私、イク、あああ、もう、あああぁ」

巨乳をこれでもかと弾ませながら、桜は大きく背中をのけぞらせた。

「イクうううううっ！」

唇が開き、白い歯やピンクの舌までのぞいている。歌姫はすべてを捨てたように絶叫し引き締まった身体をビクビクと痙攣《けいれん》させた。

「うう、俺も、イクっ」

最後に強く桜の奥に向かって怒張を突きあげ、優真も絶頂を極めた。

彼女のエクスタシーとともに押し寄せるように締めてきた媚肉の中で、肉棒を脈動させて射精する。

竿の根元が強く締められ、畳に寝た身体が勝手にのけぞった。

「あああ、優真のが来てる、あ、あああん、熱いよう、あっ、あああっ」

粘っこい精液が断続的に飛び出し、彼女の最奥にぶつかって膣内を満たしていく。

それをすべて受けとめる桜は、満たされきった表情で切ない声をあげ続けている。

「うう、まだ出るよ、うう、桜さん」

肉棒が媚肉の中に溶けていくような感覚の中で、優真は白い歯を食いしばりながら、なんども精を放ち続けた。

第二章　残業は好色事務員と

翌日から工場で機械の搬入作業が始まった。まだ空っぽの工場の建物に大型の機械が次々に搬入されてくる。

ただ機械の据え付け作業自体は専門の職人が行うので、優真たちエンジニアの出番は試験可動が始まってからだ。

そこで起こるであろう不具合を調整していくのが仕事で、最初の据え付けのときは立ち会いだけとなる。

(俺、ほんとうに桜さんとしちゃったよ……)

直属の上司と二人、図面とにらめっこしながら職人さんたちの作業を見守る。

もちろん職人さんはプロなのでそうそう指示などしないでいい。そんな状況だから優真の頭の中は昨日の出来事でいっぱいだ。

高校生のときに、向こうの大スターぶりに気後《きおく》れしてライブもいけなかった相手と、身体の関係を持ってしまった。

（しかも中出しまで……）

昨日、彼女が長山邸に帰ったあとは顔を合わせていない。セックスをするだけでもとんでもない相手なのに、膣内で射精までしてしまった。

もし妊娠してしまっていたらと、いまは恐怖のほうが大きかった。

「おい山中、さっきから電話が鳴ってないか？」

いちおう図面を手にして仕事のことを考えているふりをしている優真に、隣にいる上司が言ってきた。

うしろに置いてあるカバンを見ると、呼び出し音は切ってあるスマホがずっと振動していた。

「出ていいぞ」

「は、はい」

仕事の連絡はメールが多いのに、わざわざ電話とはなにか急用かと、優真は上司の許可を得てスマホを取り出した。

「えっ、桜さん」

東京の本社からの連絡かと思ったら、かけてきたのは桜だった。思わず名前を大声で叫びそうになって慌てて小声になる。

「もしもし」

昨日のことでなにかとんでもない事態が起こってしまったのかと、優真はビビりながら電話に出た。

「あっ、やっと出た。優真、たいへんだよ。うちの離れで爆発があって、お前の祖父ちゃんの家にも被害が出たんだ！」

「ええっ、ば、爆発って、ど、どういうこと」

なぜ爆発などということが起こるのか。まさかタンクローリーでも突っ込んだのでは、と優真はパニックになった。

爆発というただごとではないワードに、上司や職人さんたちが一斉に優真のほうを見た。

「とにかく帰ってきて。あ、けが人はいないから」

電話の向こうの桜もかなり狼狽《うろた》えている感じがする。うしろから消防車とおぼしきサイレンも聞こえてきた。

「わかった。すぐ帰る」

なんの爆発かはまだわからないが、仕事をしている場合ではないと優真は慌てて電話を切った。

　上司に許可をもらい、優真は車を飛ばして祖父の家に戻った。家の前の道路には数台の消防車が停まっていて、野次馬らしき見物人が何人もいた。

「あれ？」

　車を停めて家の前に駆けつけた優真の口から出た第一声は、気の抜けた言葉だった。爆発と聞いてどんなことになっているのかと心配して来たのに、祖父の家は見た感じ朝出勤したときと同じだし、とくに火や煙もあがっていなかった。

「あ、優真くん、ごめんなさい。ほんとうになんとお詫びしたらいいか」

　外の道路にいた香苗が優真に気がついて駆け寄ってきた。

　黒髪をうしろでまとめ白い額も出した香苗は、優真の前でセーターにスカートの身体を九十度に折って頭を下げた。

「なにが起こったのですか香苗さん。ちょっと事情が見えてこないのですが」

　今日も変わらず、年齢を超えて可愛らしささえ感じる香苗だが、いまは見とれている場合ではない。

　消防車も停まっているし、なにか起こったのは事実のようだが、家の姿に変わりがないので戸惑うばかりだ。

「こっちに」

香苗は優真の手を握ると、長山邸と祖父の家の間に優真を引っ張って歩いていく。

(あ……手……)

こんな状況でも優真は香苗の手が自分の手のひらに触れると、つい心ときめいてしまう。

白く柔らかい手がギュッと握りしめてくる。優真はにやけそうになるのを必死で堪《こら》えていた。

「うわあ……」

ただそんな浮かれた気持ちも、二軒の家の間に来るとすぐに吹き飛んでしまった。

長山邸から見ると、庭に離れがあり、そして高いコンクリートの塀、その向こうに祖父の家の台所と風呂場がある。

離れのほうは半壊。コンクリート塀は吹き飛び、祖父の家の台所の辺りはグチャグチャだった。

「えっと、こちらの家のかたでしょうか?」

呆然とした顔で声まで出している優真のところに、制服姿の消防署員がやってきた。

「はい、家主は祖父ですが、いまは入院中で僕がかわりに住んでます」

「そうですか、ではとりあえず状況説明を」

うしろで香苗が心配そうに見つめる中、消防署員が説明してくれた。

いまは香苗の娘の研究室にしていると聞いていた、半壊している離れの外側には、実験で使う気体のボンベが据え付けてあったらしい。

もちろん市に許可を得て置いていたらしいが、それがなんらかの原因で爆発したらしかった。

幸い火災は起こらなかったが、爆風で塀が吹き飛び、その破片が祖父の家に飛んできて、このような事態となったと消防署員は言った。

(祖父《じい》ちゃんも祖母《ばあ》ちゃんもいなくてよかったよ)

破片を受けたのが家の裏手に近い台所と風呂場の周辺だったから、道路側から見た建物にはとくに変化がなかったのだ。

ただコンクリートの破片の威力を考えると、もし台所に誰かいたらとんでもないことになっていただろう。

消防署員もけが人がいなかったのが不幸中の幸いだと言い、もう少し現場検証をさせて欲しいと戻っていった。

「ゆ、優真さん、わ、私……ごめんなさい」

爆発事故現場という映画のワンシーンのような、あまりに現実味のない風景を見つめていると、うしろから香苗によく似た声がした。

ただ香苗は優真のことを優真くんと呼ぶので、さん付けはおかしい。はっとなってうしろを振り返ると、ブルーのカットソーにベージュのパンツという少々地味目の服装の女性が泣いていた。

「も、もしかして結美菜ちゃん？」

香苗に寄り添われて大粒の涙をこぼしている若い女性は、彼女の娘である結美菜だ。会うのは結美菜が小学校に入ったころ以来だろうか。当時は絵本ばかり読んでいた印象がある。

「ごめんなさい、私のせいで、ごめんなさい」

母によく似た大きな瞳からボロボロと涙をこぼしながら、結美菜は頭を下げ続け、香苗がその背中をさすっている。

「き、気にしなくていいよ。ほら、誰も怪我した人もいなかったんだし」

「でも、うう……」

大泣きしている結美菜を慌てて慰めた優真だが、頭の中では違うことを考えていた。

（美人親子……いや美人姉妹にしか見えない）

号泣する娘の背中をさする母の姿を見ながら、優真はそんな不謹慎な思いを抱いていた。

二人は体型もよく似ていて、身長はそれほどでもないが、グラマスなことが服の上からでもわかる。

顔のほうも結美菜の唇は母と違って薄めな感じだが、色白の肌や丸めの頬、そして大きな二重の瞳は瓜二つだ。

（なんて美しい……）

結美菜が流す涙まで美しく優真には見えた。隣の香苗も涙ぐんでいて、そんな母子に見とれるばかりだった。

「家主さん、家主さん、ちょっと確認をお願いしたいのですが」

別世界に意識が飛んでいた優真は、うしろから肩を叩かれてようやく我に返った。

振り返るとさっきの消防署員が戻ってきていた。

「は、はい」

よく見たら周りには近所の人たちも集結している。なんだか急に恥ずかしくなって、優真は赤くなった顔を伏せて署員のうしろをついていった。

現場検証に立ち会い、祖父がいる病院に報告に行って戻ってきたら、もう完全に日も落ちていた。

その途中で、桜から長山家に寄って欲しいという連絡があり、車を停めたあと優真はお隣に向かった。

誰もいなくなった現場を見ると、離れと祖父の家の両方にブルーシートがかけられている。香苗がすぐになじみの工務店に頼んでくれたらしかった。

「ごめんな優真。修理代は私が出すから心配しなくていいからな」

長山家のインターホンを押すと出迎えてくれたのは桜だった。

今日はデニムにTシャツという姿で、それらが身体のラインにフィットするデザインなだけに、スタイルのよさが際立《きわだ》っていた。

「仕事は大丈夫なの？」

「うん、今日は俺の出番もあまりない日だったたし」

上司からはいろいろとたいへんだろうから、明日も別に休んでかまわないと言われていた。

（しかしほんとうに俺、この人としたんだよな）

長山邸の広い廊下を歩いていく桜のうしろを優真はついていっている。細身の身体なのにヒップが大きく盛りあがっていてたまらなく色っぽい。

そしてそれ以上に歌姫の背中は、目に見えないオーラのようなものが漂っていて、昨日の夜が現実ではなかったような、そんな気持ちにさせられた。

「おーい、連れてきたよ」

さすがに度胸が据わっているというか、とくにいつもと変わらない態度の桜がリビングのドアを開いて中に入った。

優真も続けて入ると、大きなソファーに香苗と結美菜が座っていた。二人とも昼間と同じ服装だが、顔は蒼白くかなりショックを受けているように思えた。

「なんだよ、暗いな。いいじゃん、怪我人もいなかったんだし、お金でなんとか元どおりにできるんだ」

いまにも死にそうな顔の二人に、桜がやけに軽い調子で言った。

「桜ちゃん、とんでもない迷惑をかけたのはこちらなのよ。優真くん、ほんとうにごめんなさい」

優真の姿を見た香苗と結美菜が慌てて立ちあがって頭を下げた。

「もうやめてください二人とも。祖父ちゃんもどうせ古い家だから改築出来てちょうどいいって言ってたから」

悲しそうな美人母子は奇妙な色香を感じさせるが、いつまでもそんな状態でいさせるのは申し訳ない。

先ほど病院で、祖父から全部優真に任せるからと頼まれてきていた。

「そう言ってもらえると少しは救われるわ。それで優真くん、これからのことなんだけど」

まだ少し潤んでいる感じのする大きな瞳で、香苗はリビングに立つ優真をじっと見つめてきた。

「あなたの出張が終わるまで、うちで暮らしてもらうわけにいかないかしら」

「えっ」

突然の申し出に優真は固まった。

「お風呂やお台所が使えないと暮らせないと思うから。もちろん優真くんがよければでいいのよ」

すがるような瞳で優真を見つめながら、香苗は懸命に訴えてくる。

ただ女性だけで暮らすこの家に、男の自分が住んでいいものかどうか。

「香苗は家事好きだし、優真がいた方がご飯の作りがいもあるんじゃないの？」

優真の肩に肘を置いて桜は笑顔を見せる。たしかに香苗は昔から家庭的な人だった。

（この人は絶対他のこと考えてるよな）

ただ優真は桜の笑顔を見て、あきらかな別の意図《いと》を感じ取っていた。

優真がここで暮らし始めたら、夜這いでもしてやろうと思っているのかもしれない。

「ね、二階にはお部屋もあるから。私たちに償いをさせて」

さらに一歩前に出て香苗はじっと優真を見あげてきた。少し濡れた大きな瞳に吸い込まれていきそうな感覚に優真は囚《とら》われた。

「は、はい。じゃあお世話になります」

もう断れるはずもなく、優真は頭を下げた。

「よかった。これで全部、丸く収まったってことで」

そう言って桜が手を叩くと、香苗と結美菜がようやく微笑みを見せた。

「いやー、これで私も少しは荷が軽くなったわ。明日東京に戻らないといけないし」

「ん？　荷が軽くって、どういうこと」

別に桜がなにかを背負う責任はないはずだ。爆発したのは結美菜が使用していたボンベだから、本人とその母親が責任を感じるというのはわかるが。

しかも桜は修理代まで全部払うというのに。

「それが原因かどうかわからないんだけど、昨日、塀のところにハシゴを置きっぱなしにしちゃってさ。消防署の人が、ハシゴが風かなにかで倒れてボンベにぶつかって、そのショックでどうのこうのとか、えへへ」

少々、ばつが悪そうに笑いながら、桜はブラウンの入った頭を掻《か》いた。

「えへへ、じゃねえよ。じゃああんたが原因じゃねえか」

「いいじゃん、怪我した人もいなかったんだし。お金も出すし」

新聞に載りそうな事故を引き起こしておきながら、開き直った態度の桜に驚くばかりだ。

芸能界で長くトップに立つ人間は、神経の図太さも常人離れしているのか。

「くそー、訴えてやる」

「やりゃあいいじゃん」

怒りをぶつける優真に桜も応戦し、リビングで言い合いが始まった。

長谷サクラの実家で爆発事故という記事が地元の新聞に載ったりしたが、それほど騒ぎが大きくなることもなく十日ほどが経った。

桜は事故の次の日には東京に戻り、長山家では香苗と結美菜の美人母子に優真を加えた、三人での生活が始まっていた。

（う……）

見た目の美しさだけでなく、性格も優しく、なにかと優真をかまってくれる香苗。

大学での研究が忙しいようだが、自宅にいるときは優真と一緒にお茶を呑んだり、映画を見ようと誘ってくる結美菜。

そんな天国のような状況にあるはずだが、優真は苦しんでいた。

（無防備だって、香苗さん……）

世話焼きの香苗は、食事の際などに大皿から優真の小皿に料理をよそってくれたりする。

そのときに彼女が前屈みになると、服の胸元が大きく開き、ブラジャーとそこからはみ出ているIカップだという巨乳がのぞいたりするのだ。

（揺れてる……）

娘の結美菜は母以上に男の目線に無頓着《むとんちゃく》で、お風呂あがりなどにノーブラにパジャマで歩いていたりする。

（たまらん……けど……見ちゃだめだ……）

結美菜もまたかなりの巨乳の持ち主で、それが薄い生地のパジャマの下でユサユサと弾み、ボッチまで浮かんでいるのだからたまらない。

一見、幸せな環境なのだが、あまりジロジロと見るわけにもいかず、優真は懸命に視線を逸らす。

ただ優真の男の感情は強く刺激されていて、毎夜、悶々と過ごしていた。

「ねえ、優真さん、こういう機械って現実に作れるのかな？」

今日も仕事を終えて長山家の広いリビングにいると、早めに帰ってきていた結美菜がスケッチブックを手にしてやってきた。

そこには手書きで簡単なものだが、結美菜が研究しているという化学薬品を扱《あつか》う機械の構想図が書いてあった。

「うん、大丈夫だと思うよ。たしか製薬会社の工場とかでこれに近い機械を使っている会社があったように思うけど。こんど調べておこうか？」

優真の会社は食品の製造用の機械が中心なので、薬品を扱うものは専門外だが、異業種の機械のこともいちおうは勉強していて、どこかで似たものを見た記憶があった。

「わあ、ありがとう優真さん」

大学では研究者としての将来を期待されているらしい結美菜は、日夜、実験や勉強に没頭している。

ただ優真といるときは無邪気に笑って、楽しそうにしていることが多い。

（可愛過ぎるだろ……）

大きな瞳を輝かせて笑う結美菜に、優真はついドキドキとしてしまう。恋人はいないらしいと桜から聞いているが、それが不思議なくらいだ。

（また揺れてる……）

いまもブラジャーを外してるのか、部屋着用のトレーナーの下で巨乳が大きくバウンドしている。

その揺れっぷりに目を奪われ、優真はもう会話どころではない。

「ごめんなさい、今日は先にお風呂いただいたわ」

危うく勃起しそうになり、ソファーに座る両脚を慌てて閉じる優真の前に、こんどは香苗が現れた。

彼女は夕食の揚げ物を作った際に汗をかいてしまったからと、先にお風呂に入っていた。

「うっ」

風呂あがりで頬をピンクに染めた丸顔が色っぽい。ただそれ以上に優真を驚かせたのは、香苗の服装だ。

薄手のＴシャツにショートパンツで、ムチムチとした白い太腿《ふともも》が剝《む》きだしだ。

（そ、それにノーブラ……嘘だろ……）

Ｔシャツの胸元にくっきりと二つの巨乳の形が浮かんでいて、さらに突起の形までうかがえる。

普段はそこまで大胆な格好を優真の前で見せる香苗ではないが、三人での生活も少し馴れてきて、気が緩《ゆる》んでいるのだろうか。

（うう……鎮《しず》まれえ）

もう優真の怒張はいまにも勃ちあがりそうだ。人よりサイズがでかい分、脚を閉じたくらいではごまかせない。

すぐ隣には結美菜が座っているのだ。

「優真さん、ここはかき混ぜる動きを入れたいんだけど」

「は、はい、それほど難しくないと、う、思うよ」

いちおう答えてはいるが、あきらかに返事のおかしい優真に、結美菜が少し驚いたような顔をしている。

（じ、地獄だ……）

自分の欲望を抑《おさ》えるのがこんなに辛いのかと、優真は二十六歳になって初めて思い知っていた。

新工場に搬入された機械の据え付けも終わり、電源も入った。ここからが優真の出番だ。

ベルトコンベアで繋がったいくつもの機械を使い、加工食品を材料からパッケージに入れるまでをほぼ自動で行う。

ただそれもきちんと動けばの話だ。そうなるように試運転と調整を繰り返していくのがこれからの仕事だ。

「ふう……」

据え付けを担当していた職人さんたちは夕方で帰宅し、上司は据え付け作業が終わった報告書を仮住まいのマンションで書くと言って先に帰宅した。

優真も帰ってかまわないのだが、ひとり夜の工場に残り、設置したばかりの機械の動きなどのチェックをしていた。

「はあ……ムラムラしっぱなしだよ」

この作業は別に明日からでもかまわない。それでも居残りまでしてやっているのは、長山家に戻るのがためらわれたからだ。

（なんか香苗さんだけじゃなくて、結美菜ちゃんにもドキドキしてるし、どうなってんだか自分でもわからない）

相変わらず美人母子は無防備に接してくる。揺れるバストに男の欲情をかきたてられるのは仕方がないが、優真の悩みはそれだけではない。

香苗に対してはずっと以前から、憧れの気持ちを持っているという自覚があったが、最近は結美菜にも女として見るようになっているのだ。

「母子同時って……頭がおかしいと思われるよ」

そんな感情を湧き上がらせている自分が恐ろしい。もしこれが二人に知れたら、きっと軽蔑されてしまうだろう。

「はあ……」

機械の前に置いてあった木箱に座り、優真は頭を抱えた。つくづく恋愛感情というのは、どうにも自分の意志でコントロールし難い代物だ。

「お疲れですか？」

そのときうしろから急に声をかけられて、優真はビクッとなった。

背後を振り返ると事務服を着た女性が笑顔で立っている。

「えっと……たしか総務課の風谷《かぜたに》さん」

ここの工場に来たときに工場長から、なにか困りごとなどがあった際の担当として彼女を紹介されていた。

名前までちゃんと覚えているのは、かなりの美人だったからかもしれない。

「ふふ、名前まで覚えてくれているなんて嬉しいわ。でもどうしたの？　頭を抱えて」

優真よりも少し年上の感じがする美女はフランクに話しかけてきた。

切れ長のまつげの長い瞳の下に小さなホクロがあり、唇もぽってりとしていてなんとも色っぽい。

事務服を着ていてもわかるくらいにグラマーな体型をしていて、全体的に肉付きがいい感じは香苗母子と同じだ。

「い、いえ、たいしたことは。まあちょっと悩みなどがありまして、ははは」

まさか同居している母と娘を同時に好きになった、などと言えるはずもなく、優真は笑ってごまかした。

さっきのムラムラなんて口走ったつぶやきを聞かれてやしないかと、内心ビクビクしてしまう。

「前を通ったら灯りが見えたから……。はい、よかったらどうぞ」

交換した名刺には、たしか下の名前が奈津美《なつみ》と書いてあった美女は、缶のコーヒーを差し出してきた。

「あ、ありがとうございます」

彼女の優しげな笑みに見とれ、優真はとくに遠慮することもなく缶コーヒーを受け取った。

奈津美の手にはもう一本缶コーヒーがあり、彼女も優真の隣にある別の木箱に腰を下ろした。

「遅くまでひとりでたいへんね」

しっとりとした感じの流し目で優真を見たあと、奈津美は缶コーヒーを唇に運んだ。ただそれだけのことなのに、すべてが色香に満ちている。缶の端が触れている口元までエロく見えた。

「い、いただきます」

確かに奈津美は美人で色っぽいが、缶コーヒーを飲む姿まで淫靡に見えてしまっている自分が怖い。

生殺しの日々に頭がおかしくなってきているのかと、優真は慌てて顔を前に向けてコーヒーを飲んだ。

「熱っ!! うえ、えほっ」

熱いコーヒーが一気に喉に流れてきて、優真はむせかえってしまった。

作業着に茶色い液体が飛び散る。

「あらら、大丈夫」

奈津美は驚いた顔を見せながら、ハンカチを取り出してコーヒーを拭《ふ》いてくれる。

香苗とは顔のタイプはまったく違うが、優しくて世話焼きな感じは同じだ。

「ありがとうございます、うっ」

木箱に座ったまま上半身を傾けて寄せてきた、奈津美の事務服のスカートがまくれあがり、白い太腿が半分以上のぞいていた。

ムチムチとした感じの二本の太腿は、肌が艶々《つやつや》と輝いている。

(おっ、おっぱいも)

奈津美は胸元を優真の腕に押しつけるような体勢になっていて、柔乳の感触がモロに伝わってきている。

かなりのボリュームがあり、それが優真の腕の上で柔軟に形を変えていた。

「く、うう」

いまここで欲情してはならないと思う。しかしずっと我慢の状態が続いていた若い肉棒は、あっさりと持ち主の意志など無視して勃ちあがってしまった。

自分でも驚くくらい一瞬で硬化した愚息は、その形を作業着のズボンにくっきりと浮かべている。

「あ……」

その巨大な姿に奈津美もすぐ気がついた。切れ長の瞳を大きく見開いたあと、奈津美は優真から身体を離した。

「す、すいません」

優真はすぐに木箱の上で背中を丸めて股間を両手で覆《おお》った。取引先の社員さんを相手に勃起するなどとんでもないことだ。

奈津美がこれを上の人に報告したら、優真はすぐに本社に戻らされて処罰されるだろう。

もう自分が情けなくて泣きたくなった。

「謝らないで、私みたいなおばさんで大きくするなんて、気の迷いみたいなものでしょう。ほら、男の人って疲れているときも大きくなるって言うし」

年上の女の優しさなのか、奈津美は笑顔を向けて言ってくれた。

「すいません。でもおばさんなんて……こんなに綺麗なのに」

こんなに美しくそして色っぽいのに、自分を卑下《ひげ》する必要なんかないと、優真は気がつくと口から言葉が出していた。

いまもこちらに向けられた、まつげの長い瞳に吸い込まれそうなのに。

「あら、ありがとう、うふふ、ねえ、じっとしててね優真くん」

少し照れたように笑った奈津美は、木箱から降りると優真の前に膝をついた。

隣の木箱に座った優真の両脚の間に事務服の身体を入れた奈津美は、一度、目を合わせてにっこりと笑った。

「え、あ、優真って、あ、それ」

いきなり下の名前で呼ばれて戸惑うが、優真はどこか嬉しい。そんな思いに囚われていると、奈津美の手が伸びてきて作業着のベルトを外していく。

「名刺をもらったときから覚えてるわよ。だって優真くん、可愛いもの」

笑顔を優真のほうに向けたまま、奈津美はベルトを外してファスナーまで引き下ろした。

さらにそのまま、優真の作業着のズボンとトランクスも一気に引き下ろす。

「私のことも奈津美でいいわよ。ん……」

完全に勃起状態の肉棒がバネでもついているかのような勢いで飛び出す。奈津美はそのエラの張り出した亀頭にピンクの舌を這わせてきた。

「は、はう、奈津美さん、それ……くうう」

奈津美は初対面のときから優真を意識していてくれていたのか、取引先の工場でその社員と淫《みだ》らなまねをしてもいいのか。様々な思いが心を駆け巡るが、すべて亀頭からの快感に押し流されていく。

濡れた熟女の舌はねっとりとした動きで、裏筋やエラを這い回る。

優真はもう木箱の上で腰をよじらせながら、こもった声を漏《も》らすばかりになっていた。

「気持ちよくなってね、優真くん、んんんん」

そんな年下の男を切れ長の濡れた瞳で見あげながら、奈津美はさらに肉棒を唇で包み込んできた。

ずっと意識していた色香に溢れた厚い唇。そこに自分の肉棒が吸い込まれていく。

「ううう、奈津美さん、くううう、すごく気持ちいいです、うう」

もう亀頭は彼女の口内に入りきり、温かい粘膜に包み込まれている。彼女の黒髪をまとめた頭が動くたびに、たまらない快感が突き抜けていく。

頭の先まで痺れきっていくような感覚の中で、優真はただ熟女のしゃぶりあげに身を任せていた。

「んんん、んんん、ん」

奈津美は時折、優真のほうをチラ見しながら、頭のスピードをあげていく。

舌のざらついた部分を亀頭裏にあてがい、強く擦ってくる。

(唇が吸いついてる)

亀頭は全部彼女の口内にあるので、赤い口紅の唇は竿の部分にはりついている。

奈津美の頭が上下に動くたびに、肉厚の唇がいびつに形を変えるのがなんとも淫靡に見えた。

「んん、ぷはっ、うふふ、すごくビクビクしてるわ」

一度、怒張を口から出した奈津美は、指で亀頭部をしごきながら笑みを見せた。

彼女の温かい口内の感触がなくなって優真は切なさを覚えるが、滑らかな指がエラや裏筋に絡みつく感じも心地よかった。

「もっと気持ちよくなりたい？」

「え、は、はい」

反射的に頷いた優真に微笑みかけた奈津美は、事務服のベストを脱ぎ、白いブラウスのボタンを外していく。

そしてブルーのブラジャーのホックを外すと、脱いだものを隣の木箱に乗せた。

「お、大きい……」

上半身は裸、下は事務服のスカート姿になった奈津美の、肉付きのいい身体の前で白い巨乳が波を打って弾んでいる。

Gカップだと言っていた桜よりも大きいのではないかと思う巨乳は、下乳に重量感があり、形も丸みを保っている。

乳輪部は少し広めの上、ぷっくりと盛りあがった感じが淫らに見えた。

「ふふ、Hカップあるのよ。おっぱいでしてあげようか？」

思わず大きいと口走った優真に、奈津美は淫靡な視線を向けたあと、自らそのHカップを持ちあげた。

「はっ、はい、お願いします」

壊れたオモチャのようになんども頭を振って優真は頷いた。そんな青年を見てクスクスと笑った美熟女は、そそり立つ巨根を柔乳で包み込んできた。

「うう、すごい、くううう」

奈津美の肌はしっとりとしていて、水分が多い感触だ。ボリューミーな乳肉とともにそれが吸いついてきて、亀頭や竿を擦りあげる。

若い女にはない肌の感触に、優真はまた声を漏らすだけとなった。

「うふふ、すごく気持ちよさそう……」

上半身裸の身体ごとさらに前に出し、奈津美は激しく乳房を上下に揺らしてきた。

彼女は優真の感じている顔を見るのが嬉しくてたまらない様子だ。

「うう、気持ちいいです、うう、よすぎです、くううう」

気の利いた返事も出来ないくらいに優真は悦楽《えつらく》に溺れていた。熟した乳房でのパイズリがこんなにいいとは思いもしなった。

彼女とは逆に、下半身だけ裸になって身体を震わせる優真は、お尻の下の木箱を摑んで白い歯を食いしばっていた。

「あ、くうう、奈津美さん、もう出ちゃいます、ちょっと止めてください、うう」

あまりに甘いパイズリに優真の肉棒は一気に昂ぶり、先端からカウパーの薄液を迸《ほとばし》らせている。

根元の脈動も始まり、いつ射精してもおかしくない。ただこのまま出したら彼女の服を汚してしまうかもしれないと、優真は奈津美の腕を摑んで止めた。

「そうね、じゃあ最後はやっぱりこっちかな」

奈津美は持ちあげている巨乳から手を離すと、木箱に座る優真の両脚の間で立ちあがった。

そして自らスカートに手を突っ込み、ブラジャーと揃いのパンティを脱いで投げ捨てた。

「私から、してあげる」

切れ長の瞳を妖しく輝かせた年上美女は、スカートをずりあげて、その艶やかな太腿をすべて丸出しにする。

濃いめの草むらとピンクの裂け目をちらりと見せながら、優真の肉棒の上に跨がってきた。

「え、そんなっ、いきなり入れたら」

自分の肉棒の大きさは優真自身がいちばんよくわかっている。女性に挿入するときはいつも痛くないかと気を遣っていた。

「大丈夫、優真くんの感じてる顔を見てたら、私のアソコ、すごく熱くなってるの」

奈津美はどこかうっとりとした顔をしながら、優真の肩に両手を置き、下半身をゆっくりと沈めてきた。

彼女が両脚をさらに開いたことでまたスカートがずりあがり、生い茂る陰毛のすべてが露出した股間が、天を衝《つ》いている怒張に触れた。

「うっ、奈津美さん、これ」

　なんと彼女よりも先に優真のほうが声を漏らした。亀頭の先端が彼女の膣口らしき場所に触れた瞬間、ねっとりとした媚肉が包み込んできたのだ。

　その甘くぬめった感触に、優真は木箱に座った身体をブルッと震わせた。

「あん、もうドロドロなの、ああ、優真くんのも、あっ、はうっ」

　そしてそこから奈津美は、めくれたスカートの下で丸出しになっている桃尻を沈めてきた。

　亀頭が媚肉を大きく押し拡げて進むと、こんどは奈津美が切ない声をあげた。

「ほんとにこれ、あああん、すごく大きい」

　優真の肩を摑んだまま奈津美はなよなよと首を振り、怒張を自ら飲み込んでいく。がに股気味に開かれた白い二本の太腿が小刻みに震えていた。

「あ、あああん、私の中、ああ、すごく広がって、あ、はあああん」

　奈津美は喘ぎ声を激しくしながら身体を沈め、どんどん怒張を飲み込んでいく。

　女性にリードされながら挿入するのは、優真にとっても初めての経験だ。

「くう、奈津美さん、もう全部入ります。うう」

「あっ、奥ぅっ、はっ、はあああああんっ」

　野太い亀頭が膣奥からさらに奥に食い込んだ。奈津美は背中を大きくのけぞらせ、唇を割り開いて白い歯を見せる。

その動きの反動で、重量感のある乳房がブルンと弾《はじ》けた。

「ううっ、くう、俺、うう、すごくいいです」

奈津美の膣奥は入口よりも狭く、亀頭がギュッと締めあげられている。

大量の愛液にまみれた媚肉の締めつけに、優真は歯を食いしばってイキそうになるのを耐えていた。

「ああん、優真くんのも、あ、あああ、んん、ああ」

そんな優真の顔を色っぽく潤んだ目で見つめながら、奈津美は開いた脚を動かして身体を揺さぶってきた。

締めつける媚肉が亀頭や竿に密着したまま、強く擦りあげていく。

「ああ、そんなにされたら、うう、俺、もう出ちゃいます、うう」

大胆な腰の動きで責められた優真の愚息は、いまにも爆発しそうだ。

フェラチオからパイズリとずっと昂ぶり放しだった肉棒は、根元から先まで痺れきっていた。

「あああん、いいのよ好きなときにイッて。私、妊娠しないお薬あるから」

対面で向かい合う優真にそう言ったあと、奈津美はもうスカートが腰に巻きついているだけの身体を躍動させる。

Gカップの巨乳がいびつに形を変えながら、淫らなダンスを踊っていた。

「あああん、いい、私も、あああん、たまんないっ、はあああん！」

自ら腰を振りながら、奈津美は優真の肩をさらに強く掴み、顔を天井に向けて嬌声を放った。

大型の機械が並ぶ静まりかえった夜の工場に、艶めかしい声が反響していた。

（すごい、ほんとうに）

優真にとってはここまで女性主導なのは初めてだ。きつめの媚肉で亀頭が延々としごかれる快感は、怒張ごと蕩かされそうに思うほどだ。

（桜さんといい、奈津美さんといい、熟女のセックスってほんとうにすごい）

この街に来るまで、優真は同年代の女性としか行為の経験がなかった。

桜も奈津美もタイプは違うが、大胆に怒張を貪り、快感にひたすら溺れていくところは共通しているように思う。

これが熟した女の性欲なのかと、優真は驚くと同時に魅入られていた。

（もしかして……香苗さんも……）

あの清楚な母を絵に描いたような香苗も、行為が始まるとこんな風に乱れるのだろうか。

そもそも彼女は夫がいたのだ。夫の前ではあのグラマラスな身体を踊らせて、快感によがり狂うのか。そんな想像をすると優真は嫉妬の感情まで覚えてしまった。

「あああっ、優真くん、あああ、おチ×チン、ああ、ビクビクしてるぅ」

妄想に優真の愚息が反応していたようで、奈津美が一際《ひときわ》大きな喘ぎとともにのけぞった。

はっとなって前を見ると、奈津美は揺れる巨乳に汗まで浮かべ、色香溢れる顔を崩して身悶えていた。

「な、奈津美さんも、とことん気持ちよくなってください」

行為の最中に他の女性の想像をするなど失礼極まりない。優真は香苗のことはとりあえず頭から消し、目の前の奈津美の肉感的な身体を抱き寄せた。

そして自らも腰を使って怒張を突きあげると、目の前で揺れる巨乳の先端にしゃぶりついた。

「あああん、だめえ、あああ、優真くんが動いたらっ、あああん、私、あああ！」

肉棒が彼女の膣奥を下から突きあげると、白い身体が弓なりに反《そ》り返《かえ》り、美しい顔が崩れていく。

もう自分で動く余裕もなくなったのか、優真の膝の上で大股開きの両脚を震わせてひたすらによがり泣いている。

「あああん、いい、あああん、だめえ、ああん、おかしくなっちゃう、あ、からあ」

優真の膝に乗せた桃尻を横に揺らし、奈津美は訴えてきた。

「おかしくなってください、おおおお」

唇を大きく開き、切なそうな目で喘ぎ続ける奈津美を見ていると、優真はさらに興奮を深める。

木箱に座る下半身を大きく動かし、肉棒を下から激しくピストンさせ、目の前の乳首に再び吸いついた。

「あああん、ああ、もうだめ、ああん、イッちゃうっ、ああ、あああん、ああ、奈津美イクわっ、はあああん！」

感極まった声をあげた奈津美は切れ長の瞳を泳がせながら、自分の太腿で優真の脚を強く挟んできた。

「はあああん、優真くん、あああん、奈津美の乳首、強くしてぇえ」

最後の力を振り絞るように奈津美が訴えてきた。優真はそれに応えて、固く勃起した乳頭を甘噛《あまが》みし、強めに引っ張った。

「ひっ、ひいぃいいん、イク、イクうううううっ！」

巨乳ごと乳首が引かれるのと同時に、奈津美はさらなる絶叫をあげて頂点を極めた。優真の肩を掴んでいる手からも力が抜け、ピンクに上気した肉感的なボディのすべてがガクガクと震えている。

「ううっ、僕も、イキます、くううっ！」

その一連の動きの中で、奈津美は優真の脚に跨がっている下半身を前に突き出してきた。

亀頭を食い絞めている膣奥の媚肉が、先端をぐりっと擦り、強烈な快感が優真の肉棒を駆け抜けた。

「うう、出ます……！　うっ」

竿の根元が強く締めつけられ、熱い精が迸る。勢いよく飛び出した粘液が奈津美の中を満たしていった。

「ああん、たくさん来てるわ、あ、ああ、ああん、またイッちゃう」

射精にすら快感を得ている様子の奈津美は、自ら腰を動かしながらまだ肉棒を貪っている。

熟女の性欲は底なしなのか、なんども絶頂に身を震わせて歓喜している。

「うう、奈津美さんっ、くううう」

イッている最中の肉棒を、濡れた媚肉が擦り続ける。むず痒さを伴《ともな》った快感の中で、優真は延々と射精を続ける。

もう脚まで痺れて力も入らないが、それでも発作が止まらなかった。

「あああん、あああ、いいわ、優真くん、あああ！」

「くうう、奈津美さん、俺、ううっ、きつい」

歓喜しながら腰を動かす奈津美。もう限界を超えているのに続く射精に息も絶え絶えの優真。

二人の声が夜の工場にこだましていた。


互いの絶頂が収まったあとも、二人は放心状態になったまましばらく抱き合った。

ただずっとそうしているわけにもいかず、身体を離して服を身につけた。

(すごかった……)

トランクスと作業着のズボンは穿《は》いたものの、優真は腰に力が入らず、再び木箱に座っていた。

奈津美のほうはというと、すぐに回復した様子で、テキパキと服を身につけていっている。

（タフだ……）

射精の最中にさらに媚肉で亀頭を責められるという初めての経験に、いつも以上に精液を放出してしまった。

まだ頭がぼんやりとしている感じの優真は、女性のタフさを思い知っていた。

「あ、優真くん、そういえばどうして頭を抱えてたの？　なんかムラムラするとか口走ってたし」

「えっ、聞いてたんですか？」

奈津美は半笑いで優真を見つめている。工場にいるのは自分ひとりだと思ってつぶやいた言葉をしっかり聞かれていたのだ。

恥ずかしくて優真はまた頭を抱えそうになった。

「ね、よかったら教えて」

再び事務服を身につけた奈津美は、隣の木箱に腰を下ろして見つめてきた。

まつげの長い瞳で見つめられると、ごまかそうという気持ちがなくなっていく。

「実は……」

優真は工場にも報告してある爆発事故のあと、隣の親子と暮らしていて、母と娘を同時に好きになりそうになっていると、素直に告白した。

「そう……」

よく考えたら、さっきまで情を交わしていた女性に他の女の話をするなど、とんでもなく失礼なことだ。

それでも奈津美はにっこりと笑ってから、優真の背中を優しく撫でてくれた。

「でも、それって男の人の本能じゃないかな。綺麗な人たちと一緒に暮らしていたら、同時に好きになっちゃう場合もあるわ……ふふ、君は若いんだし」

「そ、そうですかね……」

奈津美にそう言われると、少し気持ちが楽になってきた。香苗と結美菜に対してなにかアクションを起こしてはいないし、好きになるくらいは許されるのかもしれない。

「まあ、なりゆきに任せなさい。男と女ってけっきょく最後はなるようにしかならないの」

最後にもう一度笑って、奈津美は励ますように優真の背中を軽く叩いてくれた。

第三章　淫らな人妻の誘い

優しい美熟女のおかげで心のほうは少し楽になった優真だったが、身体のムラムラがすぐに解消されるわけではない。

巨乳で全体的に肉付きのいい身体をした奈津美を抱いたことで、同じ熟女の上に、近い体型をしている香苗をさらに意識するようになっていた。

しかも向こうは常に無防備だ。今日も帰宅したら長山邸の広い廊下に脚立を立てて、香苗が電球を交換しようとしていた。

「香苗さん、危ないですよ。僕がやります」

「平気よ。このくらい、いつもしてるわ」

脚立の天板の上に立ってさらに背伸びしないと、香苗は天井の埋め込み式の電灯《でんとう》に届かないようだ。なのでずいぶんとバランスの悪い状態だ。

見た目にもフラフラとしているので、優真は玄関をあがるなりカバンを置いて駆け寄った。

「危ないですって、うっ」

脚立の下に行くと香苗の下半身を見あげる形になった。彼女はショートパンツ姿で、その裾から白のパンティとはみ出したお尻が見えた。

香苗は乳房と同様にヒップもかなり豊満なので、尻肉にパンティが食い込んでいた。

「わっ、きゃあっ」

また見てはいけないものを見てしまい優真が固まっていると、香苗が脚立の上でよろけた。

「香苗さんっ」

こちら側に倒れてくる香苗を優真はとっさに抱きしめて支えた。香苗も優真に懸命にしがみつき、二人は抱き合ったままひっくり返った。

「大丈夫ですか、香苗さん」

優真は下敷きになったが、倒れる前に脚を踏ん張り、勢いを殺して軟着陸したので、廊下に軽く尻もちをついたくらいだった。

それよりも香苗が膝かなにかを強打していないか心配だった。

「優真くん、ごめんなさい。大丈夫？」

香苗のほうはパニックになって優真を心配している。廊下にお尻をついて座る優真の上に乗ったままオロオロして涙ぐんでいる。

「平気ですよ。ゆっくりと落ちましたから、どこも痛くありません」

「ほんとうに。よかったあ」

優真が笑顔で言うと、香苗はほっとした表情になって優真の頭を抱きしめてきた。

「くっ」

抱き寄せられた頭が香苗の胸に押しつけられる。Ｉカップの豊満な乳房に顔が完全に埋もれてしまい、息が詰まりそうになった。

（なんて柔らかいんだ……）

下着は着けているようだが、それとＴシャツという薄布だけなので、柔乳の感触がやけに生々しく伝わってくる。

そのマシュマロのような柔らかさに優真は酔いしれ、呼吸をするのも忘れていた。

「ど、どうしたの優真くん、やっぱりどこか怪我してる？」

「だ、大丈夫れす、どこも痛くありませんです、ふあい」

しばらくして香苗は心配そうに、巨乳に酔いしれてなにも言わない優真を見つめてきた。

巨乳から顔が離れた優真だったが、その余韻《よいん》が消えず、ぼんやりした受け答えしか出来ない。

「やだ、頭？　どうしよう」

どこか目が虚《うつ》ろな感じの優真を見て、香苗は急に狼狽《ろうばい》し始めた。

「まって香苗さん、ほんとに平気ですから」

いまにも救急車を呼びにいきそうな香苗を、優真は必死で止めた。


私生活のほうでは戸惑いばかりの優真だったが、仕事のほうは順調に進んでいた。

ただ順調と言っても、少しの試運転でちゃんと動くようなものではないので、食品の試作の商品を製造し、出来あがりを見てまた調整するのを繰り返していた。

「ちょっと固めですね。もう少し水を増やしましょう」

今日は実際にこの機械を使って食品を作る社員たちが来て、途中の工程までの試作品を製造して調整していた。

「はい、そういう場合はここを」

コントロールパネルで水の量は簡単に調整出来るので、優真は社員にその使い方も教えながら操作していく。

工場の男性社員は新山《にいやま》と真島《まじま》といい、偶然だが二人とも年齢が優真と同じだったので、仕事以外の話でも盛りあがったりしていた。

「新山くん、真島くん、健康診断の結果が来てるから帰りに取りにきて」

パネルと機械の動きに目をやっていたとき、うしろから女性の声がして優真は振り返った。

そこには事務服姿の奈津美が立っていた。彼女は社内の連絡事項を伝えにきたようだ。

「お疲れさまです」

優真に軽く会釈をして奈津美は微笑んだ。ただそれだけなのに、まつげの長い切れ長の瞳を見ると、ここでの激しい求め合いが蘇る。

ただ、いまは会話をすることなく、奈津美は建物の出口に歩いていった。

「なんだか風谷さん、今日は一段と色っぽいな」

「ああ、あれで人妻なんだから、旦那さんたまんないだろうな」

新山と真島が去っていく奈津美の後ろ姿を見ながら、そんな会話をしている。

「え……う……」

人妻。という言葉を叫びそうになって優真は懸命に飲み込んだ。奈津美には夫がいたのだ。

確かに優真よりも年上だし、あれだけの美女だから結婚していてもおかしくない。あの日は興奮のあまり、そんな考えは完全に吹き飛んでいた。

（ふ、不倫……）

客先の工場の社員を相手にとんでもないまねをしてしまった。機械の動きを見るふりをして新山と真島に表情は悟られないようにしたが、もう優真の顔面は蒼白だった。


「結婚しているとは知りませんでした。申しわけございません」

夜、終業時間となり、一緒にテストにあたっていたこちらの社員たちも帰った。優真は上司に、ひとりでもう少し作業をするからと先に帰宅してもらい、誰もいなくなった工場に奈津美を呼びだした。

すでに着替えをすませているのか、膝までのスプリングコート姿で現れた奈津美は、昼間と同じ色っぽい微笑みを見せている。

その足元で優真は勢いよく土下座した。

「やだ、そんなことしないでよ。不倫だっていうのなら私だって同罪じゃないの」

奈津美は慌てて優真の肩を摑んで引き起こすと、自分は工場の床にしゃがんだ。

薄いピンクのスプリングコートがずりあがり、艶めかしいムチムチとした太腿が、半分ほど顔を出していた。

「でも……」

その白くしっとりとした肌に欲情しそうになるが、さすがにいけないと優真は顔をあげて奈津美のほうを見た。

「いいのよ。だってうちって、お互いにセックスは自由にしようって決めてる夫婦だから。問題ないわ」

「へっ」

呆然となる優真を笑顔で見つめながら、奈津美はコートのポケットから自分のスマホを取り出した。

「ほら、これを見て、結婚式の写真」

彼女が操作したスマホの画面には、ウエディングドレス姿の奈津美と、恰幅《かっぷく》のいいタキシードの男性が並んだ写真が表示されていた。

奈津美はいまよりも少し若い感じだが、ウエディングドレスでも色気がムンムンと伝わってくるようだ。

「次はこっちね」

さらに奈津美がスマホを操作すると、男女二組、四人がビーチで並んだ写真が出てきた。

全員が水着で、奈津美は黒のビキニが艶めかしい。彼女の夫も写っているが、なぜか奈津美も夫も、それぞれ違う相手と抱き合っている。

「ネットでお友達になったご夫婦とスワッピングしちゃった」

ちょっと照れた感じで奈津美はぺろりと舌を出した。

「す、スワ……」

夫婦交換のことだというくらいは優真も知っている。ただアダルトビデオの中の話とばかり思っていて、現実味はなかった。

固まる優真の前で奈津美がさらにスマホに触れると、ベッドの上で、さっきのビーチの写真で腕を組んでいた男性と、奈津美が裸で抱き合っている写真が出てきた。

奈津美の自撮りのようだが、二人とも満足げな笑顔で肌に汗が浮かんでいて、事後の姿であるのがうかがえた。

「男と女にはいろいろな形があるって言ったでしょ。私たち夫婦にとってはこれがいちばんいい形なの」

奈津美は土下座の状態から上半身を起こしている体勢の優真に向かい、しゃがんだ身体を倒してキスをしてきた。

「ん……んん……」

赤い口紅が塗られた厚めの唇が開き、舌が差し出されてくる。優真は拒否しようという思いは起こらず、自分の舌も絡ませていく。

(だからこんなに色っぽいのか……)

セックスに対しておおらかな生活をしているから、全身から匂い立つような色香が溢れているのだと優真は理解していた。

いまもこうしてキスをしながら、うっとりとした感じになっている奈津美の瞳を見ていると、吸い込まれてしまいそうだ。

「んん……ん……ビッチなおばさんだから軽蔑した？」

しばらくして唇が離れると、奈津美は淫靡な笑みを見せながら言った。

「そんなこと……すごく綺麗で……あとエロいです」

心の中をそのまま口に出して、優真はもう一度、彼女の唇に軽くキスをした。

柔らかく厚い唇は、もう一度ふるいつきたくなるほどに艶めかしい。

「ふふふ、ありがと。でも土下座なんかされると思わなかったわ。夜に呼びだされたから、エッチのお誘いかと考えてたんだけど」

奈津美はそう言うと優真の前でゆっくりと立ちあがった。膝まであるスプリングコートから伸びた素足のすねが美しく輝いていた。

「だからちゃんと準備してきたのよ」

奈津美は頰をピンクに染め、濡れた瞳で優真を見下ろしながら、コートのボタンを外していった。

薄ピンクのコートが上から開いていくと、黒のブラジャーが突然現れた。

「ええっ、それ」

コートがどんどん開き、ほどよく肉の乗ったお腹と黒のパンティが現れる。

中が下着だけだったことにも驚きだが、それ以上に優真が驚愕したのは黒い下着のデザインだ。

「優真くんに見せようと思って、わざわざトイレで着替えてきたのよ」

膝をついた優真の前で仁王立ちする奈津美の巨乳を覆うブラジャーは、カップの部分がすべてシースルー生地で、ぷっくりとした乳頭部も透けている。

黒のパンティは右側の腰のところだけが紐で結ばれた変わったデザインで、股間の三角の部分はブラジャーと同じシースルーだ。

「ふふ、人妻とするのは、やっぱり無理？」

コートを脱いで木箱に置いた奈津美は、艶やかな肉の太腿を開き気味にして立ちながら、まつげの長い瞳で見下ろしてくる。

黒の扇情的な下着と、白の肉感的なボディとのコントラストがすごい。

「しないなんて、無理です」

妖しげな魅力をまき散らす美熟女に優真は魅入られ、たどたどしい言葉で返事をしながら身体を膝立ちにした。

目の前には片方だけが紐になった、濃い陰毛がすべて透けたパンティがある。優真はもう躊躇せずにその結び目をほどいた。

「あっ、やん、あっ」

完全に脱がなくても行為が出来るように作られたパンティなのだろう。紐がほどけると、透けたパンティの半分が開いて彼女の股間が露出した。

太腿に絡みついている状態となった黒い生地を手でよけながら、優真は剝きだしの奈津美の秘裂に顔を近づけていく。

「んん……んん……」

出てくると同時にむんとするような女の香りが立ちこめてきたそこに、優真は唇を押しあて、肉の突起をしゃぶりだした。

舌先で弾くようにして、ピンクの先端を転がしていく。

「あっ、ああああん！　はああっ、そんな風に、あっ、ああああん」

クリトリスが刺激されると、奈津美はすぐに淫らな声をあげ、工場の床に立つパンプスの足をよじらせた。

そしてそのままフラフラとうしろに下がっていく。

「ああ、ああああん、だめ、ああん」

敏感な美熟女は黒下着の身体を後ずさりさせ、熟《う》れた桃尻を真新しい機械にあてた。

機械にお尻を乗せる形で身体を支えている彼女のクリトリスを優真はさらに舐め、指を二本束ねて膣口に押し込んだ。

「はああん、ああっ、そこも、あ、あああ」

すでに中はドロドロの状態で、ねっとりとした媚肉が指に絡みついてくる。

彼女独特の奥が狭《せま》めの膣を指でピストンしながら、優真はさらにクリトリスに強く吸いついた。

「はああん、ああ、両方いい、ああん、ああ、あああん」

奈津美は自分の前に膝立ちしている優真の頭に手を置き、機械に乗せたお尻をよじらせて激しく喘ぐ。

その動きから少し遅れて黒いシースルー生地の下の巨乳が弾む。上気した艶やかな太腿も小刻みに震えていた。

「あああ、ほんとにだめに、はあん、なっちゃう、あ、あ」

もう全身で悦《よろこ》びを表現しながら、奈津美は夜の工場によがり泣きを響かせる。

聞かされたときは驚いたが、いまは経験豊富な美熟女を思うさま感じさせていることに、優真は奇妙な興奮を覚えていた。

「もっと感じてください、奈津美さん」

どこまでも奈津美を泣かせたい。どこまでも狂わせてみたい。そんな風に考えると、優真の男の征服欲のようなものが昂ぶるのだ。

勢いのままに優真は彼女の股間から口を離して立ちあがると、奈津美の力が抜けきっている身体を裏返しにする。

「ああ、優真くん、ああ、来て」

奈津美は欲望がかなり燃えさかっているのだろう。大声で訴えながら目の前の機械に両手をつき、腰を折って尻を突き出した。

立ちバックの体勢になり、優真の目の前にきた、乳房に負けないくらいに豊満なヒップが少し波打っている。

「はい」

優真は下を全部脱いで肉棒を剝きだしにする。今日はなにもされていないが、すでに怒張はギンギンだ。

片側だけの紐がほどかれたあと、黒のパンティが彼女の右太腿の付け根に巻きついた状態になっているのが妙に淫靡で、優真の興奮をさらに加速させた。

「一気にいきますよ」

熟れた桃尻を強く摑み、優真はいきり立つ怒張を目の前の膣口に押し入れた。

奈津美のすべてを征服したいという思いのままに、巨大な亀頭をひと思いに最奥にまで突っ込んだ。

「ああっ、ひいいん、奥、ああ、はあああん」

少々、強引な感じの挿入も奈津美はしっかりと受けとめ、立ちバックの身体をのけぞらせてよがり泣いている。

パンプスだけの白い両脚が小刻みに震えていた。

「ここからですよ、奈津美さん」

自分の巨根もしっかりと受けとめ、すぐに快感に喘ぐ熟した肉体に向かい、優真は大きく腰を叩きつけた。

大量の愛液にまみれた肉厚の膣道の中を、エラが張り出した亀頭が掻き回す。

「あっ、あああん、これ、あああん、すごいっ、あああん、ああ」

染みひとつない艶やかな背中をのけぞらせ、奈津美は激しいよがり声を響かせる。

「はああん、優真くん、あああ、いい、あああ、中、たまんない、ああっ!」

立ちバックの体勢で突かれながら、奈津美は時折、顔だけをうしろに向ける。

普段から色っぽいその顔が快感でさらに歪み、もう蕩けきっていた。

「僕もすごく気持ちいいです、うう」

奈津美の肉欲が燃えてくると、ただでさえ狭い彼女の膣奥の締めつけがさらに強くなっていく。

しかも愛液がどんどん溢れてきていて、ぬめった粘膜が怒張に絡みついていた。

(吸い込まれそうだ……)

亀頭を奥にもっていかれそうな感覚の中で、優真はひたすらにピストンを繰り返している。

若い優真の腰が、立ちバックの体勢の熟した身体にぶつかり、白いヒップが波打ち、シースルーのブラに包まれた巨乳がブルブルと踊った。

「ひいん、ひあっ、ああ、おかしくなるわ、ああ、子宮に響く、ああ、狂っちゃう」

優真の巨根をかなり深い場所で感じているのか、奈津美はそんな言葉を口にした。男の優真にはもちろん理解出来ないが、奈津美がかなり感極まっているのが伝わってくる。

「狂ってください、奈津美さん、おおおおっ」

彼女の淫情に応えて、優真は一気にピストンを速くした。

血管が浮かんだ肉竿がぱっくりと口を開いた膣口を出入りし、愛液が掻き出されて工場の床に飛び散っていた。

「ああああん、ほんとに変になるう、あああ、あああ、いいっ、気持ちいい」

快感に妖しく濡れた瞳を天井のほうに向けながら、奈津美は絶叫した。

「ああああ、もうイク、あああ、イッちゃうわ、あああ！」

巨尻をブルッと震わせた美熟女は、自ら限界を口にして、両手を置いている機械を強く摑んだ。

「イッてください、僕も、おおおお！」

限界が近いのは優真も同じだ。色香溢れる奈津美の肉体や瞳、そしてドロドロに蕩けながら亀頭を絞めつけてくる媚肉。

そんな中で長く肉棒が持つはずがなかった。

「あああ、今日も中に来て、あああ、奈津美の子宮にまで届かせてえ、ああ」

中出しをねだりながら、奈津美は少しだけ顔をこちらに向けた。

厚めの唇を大きく開いてピンクの舌までのぞかせる奈津美は、もう完全に牝となっていた。

「はいい、出しますっ、おおおお」

彼女が避妊薬を持っていると言っていたのを思い出し、優真はなにも気にすることなく怒張を膣奥に向かって突きたてた。

勢い余って立ちバックの奈津美の身体が前に押し出され、彼女は機械にしがみつくような体勢になった。

「あああん、来るわ、あああ、イク、私、イクわ、優真」

蕩けた顔をこちらに向けた奈津美の、開いた唇が少し笑っているように見えた。

「イクううううっ！」

そこから凄まじい絶叫とともに、奈津美は腰を折った身体をのけぞらせた。

その歓喜の深さを示すように、黒いブラジャーの上半身も、半脱ぎのパンティが巻きついた太腿も、激しく波打って痙攣する。

「くうう、奈津美さんの中すごい、うう、イクっ」

同時に彼女の膣奥が搾《しぼ》り取るような動きを見せ、優真も腰を震わせた。

怒張がビクビクと脈打ち、最奥に向かって勢いよく精子が飛び出していった。

「あああん、いい、あああ、来てるっ、ああ、優真の精子で奈津美の子宮が悦んでる、あああん、たまんない」

「ううう、まだ出ます、ううう、くううう」

互いの肉に溺れながら、二人は延々と夜の工場で絶頂の発作を繰り返した。

第四章　ストリップトランプ

奈津美は優真に、夫婦や恋人の形なんて本人同士がよければそれが正解なのだ、と言った。

まあ優真の感情については、ただ香苗と結美菜の二人を勝手に好きになっているだけなので、そんな段階ですらない。

普通に考えたら、香苗は優真のことを子供時代と同じように弟だと思っているだろうし、結美菜からしたらただの昔なじみのお兄さんだろう。

優真の心の中だけの話なので、そっとしまい込んでいたらいいだけだ。

「お帰り、遅かったじゃん」

機械の設置の仕事も中盤というところだ。出張が終わって東京に戻ったら、この気持ちも収まりがつくだろうと考えながら、優真が長山邸に帰宅すると桜が現れた。

「うわっ、桜さん」

彼女もまた優真の心を乱すひとりだ。いや、桜に限っては身体のほうが乱される。

「うわってなんだよ。私が来たらいけないのかな」

ソファーに座っていた桜が立ちあがって、さっそく優真に絡んできた。

今日も手脚の長い抜群のスタイルの身体を、革のパンツとTシャツに包んでいる。

ミュージシャンの彼女はこういう服装がよく似合っていて、正直、かっこよさに見とれてしまった。

「さ、酒くさ、どんだけ呑んでんだよ」

ただ彼女がさらにくっついてくると、強烈なアルコールの匂いがした。まだ夜の八時前くらいなのに、いつから呑んでいたのだろうか。

「せっかくのお休みだからいいだろ、はあああ」

「くせえええ」

嫌がる優真に桜はわざと息を吐きかけてきた。こういう関係は子供のころからまったく変わっていない。

鼻を摘まんで文句を言う優真だったが、スターになっても桜の態度が同じであることは少し嬉しくもあった。

「ほらほら、桜ちゃんいい加減にしなさい。優真くん、晩ご飯出来てるわよ」

そこにキッチンから香苗が出てきた。いつもと同じようにロングスカートの地味目な服装だが、清楚な美しさが極まっている。

エプロンもよく似合っていて、強い母性を感じさせた。

「ありがとうございます」

「ふふ、今日は優真くんの好きな肉じゃがよ」

「わ、楽しみです」

そんな会話をしながら二人はじっと見つめ合っていた。香苗は笑うと大きな瞳が細くなり、それもまた魅力的だ。

そしてあの電灯を取りつけ中に転倒して以来、なんだか香苗との間の空気が変わったように優真は感じていた。

「ふーん、二人、仲いいじゃん、へえ」

そんな雰囲気を桜が敏感に感じ取って、いぶかしげな顔をしている。さすがというか感受性が普通の人間より鋭いようだ。

「な、なにがよ。私と優真くんが仲よくてもおかしくないでしょ」

珍しく香苗が少し焦《あせ》ったような顔をしている。そして頬もピンクに染まっていた。

「へえー」

そんな姉を見て桜はニヤニヤと笑っている。もしかして香苗が優真に気があると思っているのだろうか。

（まさか……俺のことなんか、いまも近所の子供と思っているだけでしょ）

そんな期待を持ってはいけない。優真は頭に浮かんだ思いを必死で打ち消した。

長山邸の二階にある、優真が使わせてもらっている部屋。もともとは来客があった際に泊まってもらうためのゲストルームらしい。

ホテルのシングルルームを思わせる部屋のベッドで、優真は夢を見ていた。

「優真くん、こんなに固くして……だめな子ね」

仰向けで横たわる優真の両脚の間で、ムチムチとした白い身体を丸めた香苗が屹立した怒張に舌を這わせている。

笑みを浮かべピンクの舌を出した彼女は、普段の清楚さのかけらも感じないくらいに淫靡だ。

「うう、香苗さん、くうううう」

舌が亀頭の裏筋やエラを這い回り、快感が突き抜けていって腰が勝手に揺れた。

優真は天にも昇る心地で、香苗の舌の動きに身を任せ続ける。

（香苗さんのおっぱい……見えない）

Ｉカップだというたわわなバストが、うずくまる体勢の彼女の腕の間でいびつに形を変えている。

ただ、優真がどれだけ一生懸命頭を起こしても、乳首だけが見えなかった。

（見たい、絶対見たい）

優真は意を決して、上半身を勢いよく起こした。

「はっ」

目が覚めたら部屋は明るく電灯で照らされていた。たしか消灯して寝たはずなのに。

「うわっ、びっくりした。いきなり起きるなよ」

ベッドの上で仰向けの状態から、突然に上半身を起こしてしまったようで、股間のところにいた桜が驚いている。

「桜さん、なにやってんだよ」

壁や天井を見ても、ここは優真に与えられた部屋に間違いない。なのになぜ桜がいるのか。

さらにその桜は素っ裸だし、優真も下半身裸にされていた。

「いやー、久しぶりだからごちそうになろうかなと思って」

優真の肉棒を握りながら、桜は少し照れたように笑った。よく見ると亀頭は唾液にまみれている。

どうやら桜は部屋に勝手に入ってきて、寝ている優真にフェラチオしていたようだ。

（それであんな夢を……）

どうりで舐められている感覚が生々しかったはずだと、優真は納得した。ただ実際に舐めていたのは妹のほうだが。

「ふふ、気持ちよさそうにしてたな……変な声出てたし、ふふふ」

桜は妖しげに光る切れ長の瞳を優真に向けながら、再び亀頭を舐め始めた。

彼女はベッドの横から身を乗り出す形で優真の股間に顔を埋めていて、そのたわわな巨乳が太腿の辺りで押しつぶされていた。

「お、俺、変なこと言ってた？」

一言、文句でも言ってやりたいところだが、香苗の名前を口走ったのではないかと、そちらのほうが気になった。

さっき二人の関係を桜に冷やかされた経緯もあり、変なことを桜に聞かれていて、それを香苗に伝えられたら、たまったものではない。

「ん？　別に変なうめき声は出してたけどね。どんな夢見てたんだ、んんん」

桜はなにか察したようなことを言いながら、優真の肉棒を唇で包み込み、激しくしゃぶり始めた。

「うう、桜さん、それ、くううう、きついって、うう」

とりあえず香苗の名を口にしていなかったようで、優真は少しほっとした。

ただもう抵抗や文句を言う気持ちは吹き飛び、起こしていた上半身を再びベッドに横たえ、歌姫の舌まで絡めたフェラチオに腰をよじらせていた。

「んん、ぷはっ、ビクビクしてきたな。ふふ、優真はなにもしなくていいからな」

夢の中で興奮の極みにいたこともあり、怒張はもうはち切れる寸前だ。

妖しげな笑みを浮かべた桜は、ベッドに乗り優真の腰に跨がってきた。

「ちょ、まって。香苗さんや結美菜ちゃんもいるのに……く、ううう」

そんな優真の声など無視して、桜はそのスリムなボディを天を衝く怒張の上に沈めてきた。

漆黒の陰毛の奥にあるピンクの割れ目が大きく開き、唾液にぬめった亀頭が吸い込まれていく。

「あ、はあああん、これ、あああ、相変わらず、ああ、大きい、あ、あああん」

亀頭が沈み込むと同時に桜は裸の身体をのけぞらせる。Ｇカップのバストが反動で波を打って弾んだ。

優真の言葉など聞こえていないのか、さっそく淫らな声で喘いでいる。

「ううう、だから、その声が、くうう、だめだって」

桜の膣内は濡れそぼっていて、熱を持った媚肉が男の亀頭を優しく締めあげている。

その快感に優真は顔を歪めながらも必死で訴えた。香苗の部屋は一階にあるからまだいいが、結美菜の部屋は同じ二階なのだ。気づかれてもまったくおかしくない。

「あ、はあああん、この母屋のほうも防音工事してるから聞こえないって……うう、それに、あ、あああん」

亀頭が奥まで達し、桜はのけぞりながら切ない声で訴えてきた。

「はあああん、もう止まれないよ、ああ、あんたと香苗を見てたら、ああ、なんか腹が立ってきたんだ、あああ」

巨大な逸物《いちもつ》が桜の中に完全に吸い込まれ、熟れた桃尻が優真の腰に密着する。

大きく唇を割り開いた桜は、優真を切なそうな顔で見つめながら、あられもなく腰を動かして貪り始めた。

「くうう、それって、うう、激しいって、うう、くうう」

パンパンと音があがるほど、桜は下半身を仰向けの優真に叩きつけている。

巨乳がブルブルと激しくバウンドし、膣奥のさらに奥まで亀頭が食い込んでいる感触があった。

奥に行くほど狭くなる桜の媚肉の快感も凄いが、それ以上に気になるのは彼女が発した言葉だ。

（ヤキモチ妬《や》いていたのか、桜さん）

いつも唯我独尊。大スターのオーラをまき散らす桜が、香苗と優真のやりとりを見て嫉妬していたというのか。

さっきはそんな素振りすら見せなかったが、その気持ちをぶつけるかのように桜の腰の動きは激しかった。

「うう、桜さん、おおおお」

そんなことを思うと優真もだんだんと興奮してきた。ベッドの反動を使い股間の上に跨がっている桜をこちらから突きあげた。

「ああ、ひあっ、お前が動いたら、あああん、ああ、だめだって、あ、ああ」

下からのピストンが開始されると桜は表情を一変させた。いつもは鋭い切れ長の瞳を泳がせ、両腕も力が抜けてだらりとなっている。

「桜さん、もっと感じるんだ」

桜をどこまでも感じさせてやる。牡《おす》の本能を燃やし、優真は桜の両足首を掴み持ちあげて腰を動かした。

「ひいいん、優真、それだめっ、あああ、あああああ」

長くしなやかな脚が、空中でM字の形になった。桜はとっさにうしろに手をついて身体を支えながら、股間を前に突き出す体勢となった。

「あああん、そこ、あああ、ああ、おかしくなる、ああ、あああん」

優真の腰の上で身体をうしろに倒した桜の声が、さらに大きく切ない喘ぎに変わっていった。

肉棒の入る角度が変化したことで、桜の快感のポイントに食い込んだのか。

「おかしくなってくれよ、桜さん」

もともと桜はマゾ性があるようで、自分から大胆に迫ってくるわりには責められると弱い。

それをわかっている優真は彼女の両脚を固定して、一気に膣奥を責めたてた。

「あああ、ひいいん、だめえ、もうイッちゃうからあ、あああ、あああん」

巨大な双乳を激しく踊らせながら、桜は限界を口にした。唇はだらしなく開き、涙ぐんだ瞳で訴えてくるが、優真は攻撃を止めない。

桜自身がそれを望んでいるとわかっているからだ。

「ああああん、あああ、優真、ああ、すごいいっ、ああ、私、もうイク、出ちゃう」

最後の瞬間、そんな言葉を口にしながら、桜はM字に開いた脚を引き攣らせた。

腹筋が浮かんだお腹の辺りが激しい痙攣を起こす。

「あああ、イク、イクうううううっ」

絶頂の啼《な》き声と共に白い内腿がビクビクと波打ち、怒張を飲み込んでいる秘裂の上側から透明の噴流が飛び出した。

(おお、潮吹《しおふ》き)

桜が背中を弓なりにするたびに、潮が噴出されて優真のお腹の辺りにぶつかる。

潤んだ瞳を天井のほうに向けながら、歌姫はなんども絶叫し潮吹きを繰り返す。

「桜さん、くうう、俺も、イク！」

もう完全に自我を崩壊させている様子の桜の姿と、潮吹きのたびに締めつけてくる媚肉に、優真は身も心も限界に達した。

肉棒の根元が脈打ち、熱い精が勢いよく飛び出していった。

「ああん、優真の精子が、あああん、私の子宮に来てるよう、はあああん」

悦びの顔を浮かべながら桜は、両手をうしろについた上半身をさらにのけぞらせて感極まっていく。

ブラウンの入った髪をすっかり乱した彼女が頭を落とすたびに、股間から激しい潮が噴きあがる。

「ううう、桜さんもすごいよ、くうう、ううう……っ」

その潮の熱さを自分の肌に感じながら、優真は延々と精を放ち続けた。


翌日は少し早く退社出来たので、まっすぐに長山家に戻った。

桜は二、三日はいるらしい。昨日の激しい行為で少し腰が痛い優真は、今夜は部屋のカギをかけて寝ようと思っていた。

「お帰りなさい、優真さん」

広いリビングに入ると今日は結美菜もいた。母親似の大きな瞳を細めて、優真を出迎えてくれた。

「カバン、置いてくるわ」

「あ、いいよ、自分で」

優真のカバンを受け取ろうと手を差し出してきた結美菜に、優真は遠慮するが、彼女は白い腕を伸ばして奪い取っていった。

「いいの。優真さん、お疲れなんだから。もうすぐ晩ご飯出来るよ」

結美菜は楽しそうに声を弾ませながら、今日は私も料理を手伝ったのよと、笑った。

地味目の服装なのに弾けるような美しさで、色白の頬を少し赤らめて笑う結美菜に優真はしばらく見惚れてしまった。

（あれ？　そういえば……）

たしか香苗が結美菜は研究ばかりで、他のことに興味がまったくないのが心配だと話していたのを優真は思い出した。家庭的なことはなにひとつ出来ないと。

そんな結美菜が突然、料理を始めた。それも優真が来てから。

（まさか……いやそんな）

結美菜は優真のために料理を覚えようとしているのか。さすがに都合のよすぎる考えかもしれない。

ただ少し恥じらいを感じさせる結美菜の笑顔に、優真はなにか特別なものを感じるのだった。

食事はつつがなく終わり、母子が二人で作った料理を、優真はお腹がいっぱいになるまで堪能した。

桜も含めて四人で食卓を囲んだのだが、その桜が突然、食べ終わったらなにかゲームでもしようと言い出した。明日は土曜で大学生の結美菜も会社員の優真も休みだから、夜更《よふ》かししてもいいだろうと。

「いい歳して、みんなでババ抜きって」

長山邸の広いリビングに鎮座する高級そうなソファーは、カタカナのコの字型に並んでいて、四人がそれぞれ離れて座ってトランプに興じていた。

「全員がルールを知ってるのがこのくらいしかないから、しょうがないじゃん。誰も麻雀が出来ないって言うし」

数枚のトランプを手にした桜が文句を言っている。彼女は最初、四人いるから麻雀をしようと言ったのだが、桜以外の三人は並べかたすら知らなかった。

「それで、いいんだ桜ちゃん、ふふふ」

「あっ、くそっ」

それでもやり始めると白熱してくる。結美菜から一枚取った桜が地団駄を踏んでくやしがっている。

どうやらジョーカーを摑まされたようで、桜はパンツにTシャツの身体をバタバタさせている。大きく前に突き出している巨乳が弾むのもとくに気にしていないようだ。

「腹立つわー、ほら優真の番」

夕飯前からずっと呑んでいる桜は、切れ長の瞳が妖しく潤んでいる。

もともと美女には違いないので、優真はその色香に魅入られそうになるが、なるべく見ないようにして一枚取った。

「はい、俺あがり」

優真は最後の一枚もペアにして、目の前の低いテーブルの上にトランプを投げた。

「あ、優真、お前いまわかってて取ったなぁ、汚いぞ」

酔っていて集中力などない桜は、結美菜から引いたジョーカーを手持ちのカードの中に入れて混ぜもせずに出してきたので、丸わかりだった。

「遅いよ、もうあがったってえの」

「くそっ」

優真がからかうように笑うと、桜は本気でくやしがっている。この負けん気も芸能界で長年活躍する秘訣のひとつなのかもしれない。

ただ、気合いが空回りしているようで、その回は桜が負けてしまった。

「あー、もう腹が立つ。次は絶対に勝つからな」

最後に残ったジョーカーをテーブルに叩きつけ、桜は立ちあがると、いきなりTシャツを脱ぎ捨てた。

均整のとれた引き締まった身体と、それに不似合いに膨らんだ巨乳を包んだブルーのブラジャーが現れた。

「な、なにやってんの!?　桜さん」

優真は声をうわずらせて桜を見あげた。なぜトランプで負けて服を脱ぐ必要があるのか。

あまりに唐突で開いた口を閉じられなかった。

「なにって、ストリップトランプだよ。うちではたまにやるけど」

「スッ？　ええっ！」

酔っ払い過ぎておかしくなったのかと思った桜の口から飛び出した言葉に、優真は驚きのあまり、こんどはソファーから落ちそうになった。

慌てて香苗と結美菜のほうを見ると、顔を赤くしてうつむいている。

「だ、だめよ、桜ちゃん。男の人がいるんだから、いい加減にして」

少し遅れてだが、香苗が慌てて言った。怒るというよりも狼狽えている様子の彼女を見る限り、桜の言っていることが本当だとわかった。

（三人で……ストリップ……）

優真の目は、ソファーに座って頬を染めている香苗と結美菜に釘付けだ。

今日も二人ともロングスカートで、上は結美菜はブラウス、香苗はカットソーだ。

(どこまで脱いだんだろう……まさか全裸……)

結美菜も香苗も巨乳の膨らみがはっきりとわかる。母子揃って豊満なボディをどこまでこのリビングで晒《さら》したのだろうか。

いけないと思っても、優真はギラつく目を香苗と結美菜から離せなかった。

「だーめ。優真をスッポンポンにするまでやるぞー。景気づけにビールだ」

上半身はブラジャーだけの桜が、ブルブルと胸元を弾ませながら冷蔵庫へと歩いていく。

「私も呑む」

なぜか結美菜も立ちあがって桜のあとをついていった。そして香苗は驚いたような顔でソファーに座ったまま娘の背中を見ているが、止めようとはしない。

そして母子ともども、ストリップトランプをするのを拒否する様子は見えなかった。

(ど、どうなってんだ……)

少し冷静になってくると、桜はともかく香苗と結美菜も今日は様子がおかしいと優真は気がついた。

もし結美菜が負けたら、優真という男の前で裸になるのにだ。

（なんでそれを香苗さんが黙って……）

母親なら二十歳の娘がそんなまねをするのを止めるのが当たり前だ。なのに香苗はじっと前を見たままなにも言わない。

その表情からは彼女の思いは読み取れない。そして、香苗もまた、負けたら優真の前で脱ぐことになるのだ。

（絶対に負けない自信があるのか……いや、そんなことはないだろう、なんで香苗さん、なにも言わないんだ）

優真はただただ混乱し、言葉を失ってソファーの上で固まっていた。

なんと香苗までビールを飲みだし、とんでもないゲームが始まった。

「はい、結美菜の負け」

ババ抜きのみでもう何回戦もしている。桜はパンツを脱いで上下揃いのブルーのブラジャーとパンティだけの姿になったものの、そこから粘りを見せている。

そしてこのゲーム、最後にジョーカーを持っていたのは結美菜だった。

結美菜もすでに上を脱いで、薄ピンクのブラジャーを晒していて、いまの負けでスカートも脱がなくてはならなくなった。

「ゆ、結美菜ちゃん、もうやめたほうが」

日頃、真面目で研究ばかりの結美菜は、男と交際した経験がないと桜や香苗が言っていた。

そんな彼女が、女ばかりならともかく、男の優真がいる前で下着姿になるなどとんでもなく恥ずかしいはずだ。

「いいの、そういうルールでしょ」

そう言って立ちあがった結美菜の前には、ビールの空き缶が三つも転がっている。

可愛らしい大きな瞳もいまは据わっていて、不機嫌な顔のまま立ちあがってスカートのホックに手をかけた。

「よ、いい脱ぎっぷり」

結美菜がスカートを脱ぐと、桜がやんやと拍手をした。肌が抜けるように白く全体的に肉付きはいいが、ウエスト周りは若々しく締まった身体が、ついに下着だけとなった。

（す、すごい……）

さすが二十歳だけあって、肌も艶やかで瑞々《みずみず》しい。そしてフルカップのブラジャーでも覆いきれず、はみ出している上乳は強い張りを見せている。

下半身に目をやると、たっぷりと肉の乗った腰に薄ピンクのパンティが食い込み、ヒップの側から見られないのがくやしく思うほどだ。

「さあ、次は私が一抜けするからね」

酔いのせいなのか性格が豹変しているように見える結美菜が、カードを混ぜ始めた。

テーブルの上のカードを取ろうと彼女が身体を前屈みにすると、乳房の深い谷間が見え、優真はさらに目が血走った。

(うっ)

そして結美菜は優真のほうをちらりと見た。その瞳が少し潤んでいて、優真は思わず声を出しそうになる。

(か、香苗さん……)

そんな優真を見て桜がニヤリと笑うのが見えたので、慌てて顔を横に向けた。

そちらには香苗がソファーに座っている。彼女もまたすでに白のブラジャーとパンティだけの姿になっていた。

(うう……たまらん)

娘以上に色が白く、熟した肌をした香苗のムチムチの太腿や腰回り、そのすべてが牡の本能を刺激する。

こちらもフルカップのブラなのに巨乳がはみ出していて、柔肉を指で押せばどこまでも沈んでいきそうに思えた。

（やばい、もう完全に勃ってる）

色白で巨乳巨尻の美人母子。優真の好みを直撃している二人がブラジャーとパンティだけの格好で目の前に座っているのだ。

そんな状況で愚息が反応しないわけはなく、勃起どころか触れてもいないのに射精しそうだ。

しかも優真は最初のころになんどか負けていて、すでにトランクスだけになっていた。

「はい、優真さん」

ゲームは変わらずババ抜きだが、引く順番は毎回変えていて、今回は優真が結美菜から引いて次に香苗という順番だ。

結美菜は優真の対面にいて、間にテーブルがあるので、札を取ろうと思えば身を乗り出さないと届かず、腰を浮かすしかない。

「どうした？　ずいぶんへっぴり腰だな」

勃起している逸物を懸命に隠そうと、優真は内股気味でお尻を引いて結美菜の持つカードに手を伸ばしていた。

その姿を見て、桜が大笑いし始める。

「う、うるせえ」

ブラとパンティでソファーにふんぞり返る桜は、時折、意味ありげな笑みを優真に向けてくる。

おそらく彼女は優真が勃起しているのにも気がついて、それを隠そうとする様子を見て楽しんでいるのだ。

(香苗さんも……気がついているよな)

男性経験がないであろう結美菜に気がついた様子はないが、元人妻の香苗はやはりわかっているようだ。次は香苗がカードを優真から引く番だが、彼女はあきらかに目を背けていた。

もちろん勃起しているのは恥ずかしいし、香苗に目を逸らされているのも辛い。優真はいまさらながらにトランプを始めたのを後悔していた。

「あっ、やだ」

そして香苗もずっと様子がおかしい。どこかたどたどしいというか、緊張している。

男の優真の前で下着姿になっているのは、清楚な香苗にとってかなり恥ずかしいのだろうか。

いまも優真のほうに手を伸ばそうとしたときに、数枚のトランプを下に落としてしまった。

「ご、ごめんなさい」

股間からは目を背けているのに、優真の顔はときどき見てくる。その理由はわからないが、少し潤んだ大きな瞳を向けられると優真はドキリとしてしまう。

そんな香苗が落としたトランプを拾おうとしているので、優真も床に手を伸ばした。

「ありがとう……あっ、やん」

優真が拾ったトランプを受け取って、香苗はけっこう勢いよく身体を起こした。

その反動で巨乳がバウンドし、白いレースのあしらわれたブラジャーの上から乳肉が大きくはみ出した。

Ｉカップだという柔乳はぐにゃりと形を変えながら、半分以上が飛び出していた。

「か、か、か」

香苗さん大丈夫ですか、という言葉が優真はもう出てこない。

慌てて身体を横に向けながら、はみ出した乳房をカップの中に収めようとする香苗を、ただ口を開いて見つめるばかりだ。

一瞬だけ、カップの上の端からピンク色のものがはみ出していたのが、優真の目に焼きついていた。

「はは、そんなお化けみたいな、おっぱいしてるからだよ」

「やだ、なんてこと言うのよ。見ちゃだめ、優真くん」

下品な言葉で囃《はや》したてる桜に、香苗はもう身体を丸めるようにして乳房を押し込んでいる。

背中の白い肌が羞恥《しゅうち》にピンク色に染まった様子が艶めかしくて、見るなと言われても無理だ。

ただ香苗も今日はやけに優真のことを意識しているように感じた。

「はい、優真さん」

そんな中で結美菜は恥じらう香苗を無視するようにカードを出してきた。アルコールのせいなのか、彼女が母を見る目もなにかおかしい。

「う、うん」

ようやく香苗も元通りに座り、優真は出されたカードの中から一枚を引いた。

桜はずっとニヤニヤとしていて、場の空気がさらに混沌《こんとん》としてきた。

「げっ」

優真が引いたカードはジョーカーだった。

「はは、次で丸出しだぞ、優真」

優真の顔色が変わったことで、桜はすぐに気がついたようだ。こんな状況で冷静になど出来るはずもなく、心の動きが顔に出てしまっていた。

「あ、やられた……」

香苗は見事にジョーカーをさけて引いていき、優真の負けが決定した。

「はは、脱げ脱げ、優真」

楽しそうにビールを呑みながら、桜が煽りたててくる。

「もういいだろ、さすがにここで出せねえよ」

そんなに見たいのならあとでいくらでも見せてやるという言葉は飲み込んだが、香苗や結美菜の前で出すわけにはいかないと、優真は立ちあがって桜に抗議した。

「うるさいな、とっと出せ、ほれ」

桜はそう言って腰を浮かせると、ソファーの前に立つ優真のトランクスを一気に引き下ろした。

「うわっ、馬鹿」

最後の一枚が脱がされ、股間の愚息が晒される。ずっと勃起したままの肉棒はまるでバネでもついているかのように勢いよく飛び出した。

「きゃっ」

へそを隠す巨大な肉棒を目のあたりにし、結美菜は両手で口を覆って固まっている。

香苗は声を発していない。優真は恐る恐る、そちら側を見た。

「えっ、え、ええ」

香苗のほうは怖がっているというよりも、狼狽えている様子だ。優真の股間で反り返る肉棒から目を逸らしたまま、立ちあがって駆け出していく。

「かっ、香苗さん、まって」

優真はとっさに叫ぶが、まさかフルチンで追いかけるわけにもいかず、白いパンティが食い込んだお尻を揺らして去っていく香苗を見送るのみだった。

「はは、いつ見てもでかいねえ。言ったとおりだろ、結美菜」

香苗が去ったあと、開き放しになっているリビングの入口のドアを見つめながら、優真はただ呆然となっていた。

股間を隠すというところまで優真は頭が回らず、怒張は亀頭を剥きだしにして天井を向いたままだ。

それを指差して、桜が笑いながら結美菜に言った。

「そ、そうなの？　私、男の人のを見るの初めてだから、比べようが……」

変わらず口元を両手で隠したままだが、結美菜の大きな瞳はじっと優真の股間で反り返る逸物に向けられている。

てっきり悲鳴をあげて泣きだすかと思っていたが、彼女は初めての肉棒を興味深そうに見つめていた。

「結美菜ちゃん、えっ、あ、桜さん、いま言ったとおりだろうって……なんだそれ」

清純そのものの二十歳が自分の肉棒を凝視しているのには驚きだが、それ以上に桜の言葉が優真は心に引っかかった。

優真の肉棒が大きいと桜は結美菜に伝えていたのか。だとすれば肉棒のサイズだけの話ですんでいるはずがない。

結美菜からすれば、なぜ桜がそんなことを知っているのかとなるからだ。

「うん、言ったよ優真とやったって、香苗にも。私、隠しごと嫌いだしねえ、すごく大きくて固かったっていうのも言った、ははは」

楽しげに笑いながら、桜はブルーのブラジャーとパンティのしなやかな身体を前のめりにして、優真の肉棒を指で軽く弾いた。

「うっ、ええ、じゃあ結美菜ちゃんも知ってたの？」

猛《たけ》りきった肉棒を刺激されて声をあげながら、優真は結美菜を見た。結美菜も香苗も、優真と桜に肉体関係があるのを知っていたのだ。

よくよく考えたら、知っていたからこそ桜がいきなり服を脱いだときも、二人は必死で止めなかったのだ。

「うん、知ってた……」

少し照れたような感じで結美菜は頷いた。ただ彼女たちがストリップトランプをなぜ受け入れたのかという疑問は残る。

普段の性格を考えたら、男のいる前で脱衣勝負をするなどあり得ないタイプだ。

「ふふ、触っちゃえば、結美菜」

「な、なに言って……！」

そんなことを考えていると、桜がニヤついたまま結美菜に言った。

あまりにびっくりして、優真は思わず腰を引いた。

「桜さんには触らせたのに、結美菜はだめなの？　優真さん」

珍しく自分のことを下の名前で呼びながら、結美菜は赤らんだ顔をじっと優真に向けてきた。

そしてソファーから薄ピンクのブラジャーとパンティ姿の身体を乗り出すと、両手をそそり立つ肉棒のほうに向かって伸ばしてきた。

「へ、あっ、結美菜ちゃん、くうう」

結美菜の声にはあきらかに嫉妬の感情がこもっている。それに驚く暇もなく、優真は肉棒に絡みついてきた白い指に腰を震わせた。

「固い、すごく熱い」

結美菜は十本の指で優しく握ってきた。それだけで甘い快感が頭の先まで突き抜けていく。

「触るだけじゃなくて、しごいてあげなよ。そうすれば男は喜ぶんだよ」

「そ、そうなの」

純真な結美菜は桜の言葉に戸惑いつつも、少し強めに優真の怒張を握ってしごき始めた。

「うう、くうっ、結美菜ちゃん、ううう」

もう優真はされるがままだ。瑞々《みずみず》しい肌の白い指が亀頭から竿に密着したまま擦ってくる。

その快感に手脚の先まで痺れ、膝がガクガクと震えている有様だ。

「気持ちいいの？　優真さん」

そんな優真を大きな瞳で見あげながら、結美菜はさらに手の動きを速くしてきた。

「くうう、いい、気持ちいいよ、う、ううう」

素直に快感を口にすると優真は声をさらに大きくした。肉棒ははち切れる寸前なくらいにまで勃起し、根元がずっと脈打っていた。

「そのまましごきながら先っぽを舐めてあげたら、ふふふ」

ソファーの上で長い脚を組んでいる桜は、楽しそうにそんな提案をしてきた。

「えっ、舐めるって、ここを……？　ええっ」

おそらくはバージンであろう結美菜は、フェラチオという行為も知らなかったのだろう、目を白黒させている。

そんな中でも肉棒を握る手は止まっておらず、その動きに連動して、ピンクのブラから柔肉をはみ出させた巨乳が小さく揺れていた。

「ゆ、優真さんが気持ちいいのなら、ん……んん……」

結美菜はしごく指を竿の部分に移動すると、おずおずと舌を差し出して亀頭の先端を舐め始めた。

唾液に濡れた舌先が赤黒い亀頭に押しつけられている。

「はうっ、結美菜ちゃん、うう、無理しなくても、くううう」

そんな風に言ってはいるものの、優真は無抵抗に身を任せるままだ。真面目で清純な結美菜が自分のモノを舐めていると思うだけで、牡の欲望が燃えたぎる。

そんな行為をするとは思えないタイプの女性だけに、たまらなく淫靡に見えるのだ。

「んん、優真さんのだと思ったらいやじゃないわ。もっと強くしたほうがいい？」

濡れた大きな瞳で目の前に立つ優真を見あげながら、結美菜は舌の動きをさらに激しくしてきた。

ピンクの舌のざらついた部分が、亀頭の裏筋やエラにまで大胆に絡みついてきた。

(結美菜ちゃん、そんなに俺のことを)

ここまできたら、いくら鈍い優真でも結美菜の気持ちに気がついていた。

そもそも好きでもない男の肉棒に舌まで這わすようなタイプの娘ではないからだ。

「ああ、結美菜ちゃん、すごく、いいよ、うう、くううう」

身も心も昂ぶりきり、優真は背中をのけぞらせながら喘いでいた。結美菜の舌が亀頭に触れるたびに、腰が勝手によじれる。

「嬉しい、優真さん、んんんんん」

優真の強い反応を見て、結美菜は少し口元をほころばせた。その微笑みがなんとも妖しい雰囲気で、普段の彼女とは別人のようだ。

さらにはブラジャーとパンティだけのグラマラスなボディも上気していて、肉体のほうからも淫靡な香りが漂っていた。

「ううう、結美菜ちゃん、うう、俺もう、だめ、うう、くううう」

大人っぽい色香まで見せ始めた結美菜にあてられて、優真は一気に限界に向かった。ただこのまま射精するわけにはいかない。せめて自分の手で受けとめようと、いったん腰をうしろに引き、怒張を結美菜から離そうとした。

「だめ、いかないで」

去っていこうとする肉棒を結美菜は声をあげて強く握る。そしてさらに、唇を亀頭の先端に押しつけながら吸いついてきた。

「はうっ、それだめ、イッ、イクっ」

最後の最後に彼女の唇を亀頭で感じ、優真はもう我慢出来ずにのぼりつめた。

怒張がビクビクと脈打ち、熱い精液が迸《ほとばし》っていった。

「きゃっ」

いきなり唇にぶつかった精子に驚いて、結美菜は肉棒から顔を離した。ただ射精は続いているので、彼女の顔に向かって粘液が叩きつけられていく。

「ごめん、結美菜ちゃん、くうう、うううっ……」

粘っこい白濁液《はくだくえき》が、大きな瞳の可愛らしい顔にまとわりついて糸を引く。いけないと思いながらも優真はそのまま射精し続ける。美少女の顔が自分の出したもので汚れていく様子に、頭がクラクラするほど興奮した。

「あ、これが精子……あ……まだ出るの？」

そして結美菜のほうは、いまだ優真の肉棒をその細い指で握ったまま、精液を顔で受けとめている。

逃げようとしない結美菜の頬は赤く染まり、二重の瞳はうっとりと蕩けていた。

「結美菜ちゃん、くう、うう」

「あ、優真さん」

優真は自分でも信じられないくらい、なんども精液を発射し、結美菜のあごや首筋、さらには豊満な上乳がはみ出したバストまで白く染めていった。


射精が終わると、結美菜は風呂に入ると言ってリビングをすぐに出た。優真もその場には居づらくなって、桜とは目を合わせないようにして逃げてきた。

「とんでもないことになった気が……」

間借りしている部屋のベッドに横たわり、優真は天井を見あげながらひとりつぶやいていた。

「香苗さんがいなくなっている間に、結美菜ちゃんにとんでもないまねを」

桜の差し金のようなものとはいえ、優真も欲望に流されるがまま結美菜に顔射などというひどい行為をしてしまった。

母の香苗が聞いたらきっと激怒して、優真はここから叩き出されるだろう。親であるなら当然だ。

（でも香苗さんも今日はおかしかったな）

真面目な母親というイメージの香苗が、娘が男の前で脱ぐことも黙認していたし、自分もブラジャーとパンティだけになった。

全体的にむっちりとした熟したボディとIカップのはみ出したバストは、優真の目に焼きついている。

（酒のせいか……それとも俺に対して別の感情が……）

香苗がどうしてそんな行動をとったのか理解は出来ない。ただ香苗が優真を見つめる瞳があきらかにいつもと違っていた。

熟した女の色香を感じさせる色に、その大きな瞳が染まっていたように思う。

（香苗さんが俺のことを……いやいや、そんなわけないって）

ベッドに横たわりながら、優真は悶々《もんもん》と寝返りを繰り返していた。

『なりゆきに任せて自分に素直に行動したらいいのよ、男と女ってなるようにしかならないの』

ふと、以前に奈津美から言われた言葉が頭に蘇った。夫婦や恋人、男と女にはそれぞれの形があり、他の人から見ておかしくても本人同士がよければそれでいいのだと。

（さすがにどっちか選ばなきゃ、いやいや、その前に結美菜ちゃんと付き合うことになったとしても、香苗さんへの気持ちはどうするんだよ）

香苗がどう思っているのかはともかく、香苗への想いを隠したまま、結美菜と恋人同士になるのか。

自分でも情けなくなるが、絶対に無理だと優真は思うのだ。隠してもいつかきっと爆発してしまうと。

「あー、もうどうしていいのか、わからねえ」

そんなことを考えていると、優真はもうわけがわからなくなって頭を掻きむしった。

「ん？」

そのとき誰かが部屋のドアをノックして、優真はドキリとして飛び起きた。

香苗が結美菜から顔射の話を聞いて怒ってやってきたのか。それとも桜が夜這いでもしにきたのか。

「は、はい。開いてますよ」

桜なら文句のひとつでも言ってやりたいが、香苗ならすぐに土下座しよう。

優真はベッドから身体を起こしたが、そこから動けないまま、ただ返事をした。

「優真さん、いまいい？」

がちゃりとドアが開いて現れたのは、意外にも結美菜だった。いまはブルーのパジャマを着ている彼女は、伏し目がちに入口で言った。

「どうぞ」

「ありがとう」

優真は慌ててベッドに腰掛け、少し憂いのある表情をしている結美菜に言った。

ドアを閉めた結美菜は、ほとんど下を向いたまま歩いてきて、優真の横に腰掛けた。

「ど、どうしたの、桜さんになにか言われた？」

また桜になにか吹き込まれて優真の部屋にやってきたのか。だが黒髪からシャンプーの香りをさせる頭を結美菜は静かに横に振った。

「優真さんの、あの、アソコにいろいろしちゃってごめんなさい」

ベッドに座る優真と並んで座った結美菜は、急に顔をあげてそう訴えてきた。大きな瞳が少し濡れていて、すがるような表情がいじらしい。

「結美菜ちゃんが謝ることないよ。お、俺のほうこそ顔にかけるなんて、とんでもないまねをしちゃって、ごめん」

少し間を置いて座る結美菜のほうに上半身を向け、優真は頭を下げた。

どう考えても謝らなければならないのは優真のほうだ。未経験の女性の顔に精液を浴びせたのだ。

「謝らないで優真さん。あのね、私ね、優真さんのだけ見ちゃって申し訳ないなって……思ってて」

ボソボソと話しながら、結美菜は自分のパジャマのボタンを外し始めた。

「ええっ、なにを結美菜ちゃん」

ボタンが外れていき、結美菜の白い胸元の肌が露《あら》わになる。あまりの驚きに優真は目をひん剝いた。

「男の人って、おっぱいが好きだって聞いたことがあったから……」

もう恥ずかしさが頂点まできているのか、ボタンを外す指も震えている。

それでもひとつひとつボタンが外されていき、真っ白なお腹まで露わになる。胸のところもブラジャーはなく白い肌だけがのぞいていた。

「でも少し大き過ぎるの。Ｈカップもあるから……優真さんは大きいのは嫌い？」

恥じらいと不安が入り混じったような赤い顔を優真に向けながら、結美菜はパジャマを摑んで開こうとする。

「好きだけど。い、いやだめだって」

思わずそう口走ってしまったが、優真は慌てて止めようとした。

「よかった……」

手を伸ばそうとした優真から目を逸らしながら、桜はパジャマの上を肩から滑らせた。

ブルーのパジャマがはらりと落ち、結美菜の真っ白で瑞々しい肌の上半身がすべて露わになる。

「うっ」

パジャマのズボンだけとなった二十歳の身体は、色白の肌が輝いているように見えた。肉感的でいて、鎖骨《さこつ》はしっかりと浮かんでいる。

そしてその下で盛りあがるＨカップだという巨乳は、見事なまでの張りを持っていて、丸く巨大な風船を思わせた。

「き、綺麗だ……」

先ほどまで止めていたというのに、優真の口から出たのはそんなつぶやきだった。

乳輪が狭めの乳首も色が薄ピンクで、それがさらに乳房の美しさを引き立てていた。

「やだ、恥ずかしい。誰にも見せたことがないんだよ」

「うん、わかってる、ごめん」

見とれる優真を見て、もう結美菜は耳まで赤く染めている。男の前で乳房を見せることなど考えたこともなかったのだろうか、唇が小さく震えていた。

さすがに優真も申し訳なくなり、顔を背けながら結美菜の肘の辺りまで落ちているパジャマを着せ直した。

あれだけ恥じらっていたのに結美菜は少し悲しげな顔をしている。

「ありがとう結美菜ちゃん、その気持ちだけで嬉しいよ」

パジャマを羽織っている状態の結美菜を、優真は自分のほうに抱き寄せた。

ベッドに腰掛けたまま上半身を優真に預けた結美菜の、巨大な乳房が二人の身体の間でぐにゃりと形を変えている。

「優真さん、私」

結美菜はそれだけ言って優真の胸にじっと顔を埋め続けている。そんな彼女を優しく抱いたまま優真は目の前の艶のある黒髪の頭を撫でた。

(絶対にしちゃいけない)

張りがあるのに柔らかい巨乳に、いまにも逸物が勃ちあがりそうだが、優真は必死で堪えていた。

顔射をしたことを後悔していたというのに、勢いのままにバージンまで奪ってしまったとなれば、香苗に合わせる顔がない。

いや、すでにそんな顔などなくなっているに等しいが、これ以上罪を重ねるわけにはいかなかった。

(我慢だ……)

愚息の暴走だけは抑えなければと優真は、パジャマの薄い布越しに感じる結美菜の乳首の感触を、懸命に無視していた。

ベッドに座って結美菜を抱いているこの体勢では、肉棒が勃起したらすぐに気づかれるだろう。さきほど一回射精しているおかげか、まだ反応していないのが救いだ。

「あれっ……？」

やがて、そろそろ離れなければほんとうに勃起してしまうと、優真が結美菜を見やると、彼女は優真の腕の中で寝息を立てていた。

「よかった……」

ほっとする気持ちで優真は結美菜をベッドに横たわらせた。

(なんか寝てる顔は子供のころと同じだな……)

幼さを感じさせる寝顔の結美菜のパジャマのボタンを留めてやり、優真は布団をかけた。

決意して優真の部屋に来たのだろうが、抱きしめられると安心して寝てしまうところは、子供のようだ。

「なんだか俺も眠くなってきた」

すやすやと気持ちよさげに眠る結美菜の顔を見ていると、優真も睡魔に襲われた。

酒もかなり呑んだし射精もしてしまったので、気が緩むと身体が重くなってくる。

すぐに優真も結美菜の隣に身体を横たえた。


朝、目が覚めたらベッドに結美菜の姿はなかった。

正直、朝食に行くのは気が重かったが逃げるわけにもゆかず、優真は一階に降りた。

「おはよう、優真くん」

広いリビングと繋がる食堂に入ると、香苗が笑顔で出迎えてくれた。

「お、おはようございます」

緊張気味に優真は頭を下げる。香苗は昨日の顔射の件を知っているのかいないのか、見たところ、少し恥ずかしそうにしているがいつもの明るい香苗だ。

もしかすると結美菜の顔に精液をぶちまけたのは、まだ香苗には伝わっていないのかもしれない。

「あー、頭痛い。呑み過ぎた」

一枚板の大きな食卓の前に結美菜はいなかったが、かわりに眉間にシワを寄せた桜が座っていた。

Tシャツにショートパンツ姿の彼女は、辛そうに髪の毛をかいている。

（そうだ……桜さんとしたことも香苗さんは知っていたんだよな……）

昨日聞かされるまで優真が知らなかっただけで、香苗や結美菜は、桜と優真に肉体関係があるのを知っていたのだ。

香苗はまったくそのことを態度には出さなかった。そして昨日のストリップトランプにもなにも言わずに参加していた。

（香苗さんがなにを思っているのか聞いてみたい……でも……無理だあ）

さまざまなことを香苗に聞きたくて仕方がないが、自分から問う勇気はなかった。

キッチンで朝食の準備してくれている香苗の様子をうかがいながら、優真は桜の対面に座った。

「おはよう。優真さん、昨日はごめんなさい。勝手に寝てしまって」

そこに結美菜が現れた。すでにパジャマからは着替えていて部屋着らしきトレーナーとハーフパンツ姿だ。

トレーナーを着ているというのに、胸の突き出しが大きく、優真の頭に丸みの強い巨大な膨らみが蘇った。

「ん？　寝ちゃったってどういう意味だ、結美菜」

照れ笑いする姪の言葉に桜がピクリと反応した。なにかを察したのか二日酔いで死んでいた目に輝きが戻っている。

「え、夕べ優真さんのお部屋に行ったけど、寝てしまったから」

無邪気なところのある結美菜はあっさりとそう口にした。そのときキッチンのほうからなにかを落とす音がした。

結美菜の声が聞こえていたようで、香苗がびっくりした顔をしてキッチンから出てくる。

（終わった……でも仕方がないか……）

きっとここから、昨夜、香苗がリビングを飛び出したあとの話になるだろう。

優真が顔射なんかしたと聞いたら香苗はきっと怒りだす、へたをしたら泣きだすかもしれない。

もうこの家からは出て行こう。優真は諦めの気持ちで、床で土下座をすべくイスから立ちあがった。

「ええっ、あんなことしたあとなのに、一緒に寝ただけ？　あんたたち頭だいじょうぶ？　普通するでしょ」

顔射のことを自分から告白して香苗に謝ろうと思ったとき、桜が素っ頓狂な声をあげた。

性に対しておおらかなタイプの桜は、優真と結美菜が一緒に寝ただけで行為に及ばなかったことが、信じられないようだ。

確かに桜ならそう考えるだろう。優真も他人の話なら同じように思うかもしれない。

「いや、桜さん、そもそもね……えっ」

ただそれは桜や優真の考えであって、香苗や結美菜は真面目一筋の人間なのだ。

それを注意しようと思ったとき、食卓のテーブルのそばに立って話をしていた結美菜の大きな瞳からボロボロと涙がこぼれ落ちて、優真は目を見開いた。

「だってママも優真さんのこと好きなの知ってるもん。私だけ優真さんを好きだなんて言えないよ」

そういえば幼いころ、結美菜は母の香苗のことをママと呼んでいた。再会後はお母さんと呼んでいたから、大人になったのだと思っていた。

感情が高ぶったことで昔の呼び名になったのか、それとも母子二人きりのときはいまもママと呼んでいるのか。いや、そんなことはどうでもいい。

ただ優真がこの場をなんとか出来るはずもなく、ただイスの横で立ち尽くしていた。

「結美菜っ！」

桜も驚いて固まっている中、香苗が駆け寄って娘を抱きしめた。

「ごめんなさい。あなたを苦しめてしまって」

娘を懸命に抱き寄せている香苗の瞳にも涙がみるみる浮かんできた。

「ママはなにも悪くないよ。私、気持ちを抑えきれなくて、ああ」

母の胸に顔を埋めて、結美菜はそんな言葉を口にした。そこまで自分のことを愛してくれているのか。優真は心が震えた。

「香苗さん、結美菜ちゃん、俺、祖父ちゃんの家に戻るよ」

ただもうこれ以上母子を苦しませるわけにはいかない。彼女たちのためには優真がこの家を去るのがいちばんと思えた。

「いや、行かないで優真さん」

「だめ、それだけは」

優真の言葉を聞いて母子は同時に顔をこちらに向けて叫んだ。瞳は涙で濡れているが、その目線には力がこもっていた。

「香苗も、優真と一緒にいたいんだな」

そのとき横から桜の声がした。彼女は厳しい目で姉を見つめている。

「うん、でもこの子の気持ちを考えると……」

妹の言葉に香苗は頷いたが、すぐに腕の中の娘を見た。優真を好きだという感情と娘を思う気持ちに混乱している様子だ。

（香苗さんが……俺と一緒にいたいって……）

不謹慎だと思うが、香苗がはっきりと優真を好きだと態度に見せてくれたことが、嬉しくてたまらない。

ただ優真の心の中には結美菜を愛する思いもあって、自分でもどうしていいのかわからなかった。

「よし、じゃあこうしよう。今日が土曜で明日も休みだ。結美菜と香苗がそれぞれ一日ずつここで優真と二人きりで過ごすんだ」

優真も、そして母子も感情が高ぶって混乱する中、桜が食卓のテーブルを叩いて立ちあがった。

「優真は月曜に、どっちにするか決めろ。もちろんセックスもしろ。全部含めてどちらがいいのかケリつけたらいいじゃん」

桜はまくしたてるように言って、三人を見回した。

「ええっ、そんな無茶苦茶な」

行為までしてどちらかを選べなど、奔放な桜ならともかく真面目な香苗や結美菜が受け入れられるはずがない。

かえって二人と傷つけることになると、優真はさすがに拒否しようとした。

「どうなんだよ、香苗、結美菜」

優真の声は無視したまま、桜は抱き合ったままの母子を見る。

「わ、私はそれでもいいわ」

すぐに香苗が桜に答えを返した。娘を思って泣いていた瞳もいまは強さを感じさせる輝きを放っていた。

「私もそれでいい、優真さんがママを選んでも恨んだりしないよ」

少し不安げにしているものの、結美菜もしっかりと返事をした。

「えっ、ええっ、ええ」

もう優真は口をこれ以上開けられないくらいに開いたまま、ただ呆然とその場に固まっていた。

まさか二人がそんな話を受け入れるとは思わなかったからだ。

「女が覚悟したんだから、優真、お前も腹くくんな」

桜は優真につかつかと歩み寄ると、いきなりボディブローを繰り出してきた。

「うっ」

お腹に拳がめり込み優真は前のめりになった。桜はボクシングをトレーニングに取り入れているらしく、かなり強烈なパンチだ。

「じゃあ、香苗は今日は私と一緒にホテルな。着替えを用意しな」

気っぷよく言いきった桜は、息を詰まらせる優真を一瞥《いちべつ》してリビングを出て行った。

なんとかお腹のダメージから回復した優真は、長山邸の広い廊下を歩いていく桜に追いすがった。

「なんでそうなるんだよ、桜さん」

ハーフパンツにTシャツの後ろ姿に優真は声をかけた。

「なんだよ、女々《めめ》しい奴だな。女二人が覚悟を決めたんだから、お前のやることは気持ちに応えることだろ」

厳しい顔で振り返った桜は優真の襟首を摑んできた。

「そんなこと言っても、こっちはパニックだよ、どうすんだこれ」

香苗と結美菜が自分のことを愛してくれているのは嬉しいが、だからといって一晩ずつ過ごして決めるなどあまりに無茶に思った。

「どっちを選ぶのか、もう決めてるのか？　それならいますぐ戻って伝えてこい」

「それは……」

摑んだ優真の服をグイッと引き寄せて言った桜の言葉に、なにも返事が出来ない。

そもそも優真はずっと二人ともに気持ちがあることに悩んでいたのだ。

「なら、まずしっかりと二人の思いを受けとめてやれ。まあお前に覚悟があるのなら、二人とも僕が幸せにします、でもいいと思うけどな」

そう言って最後に桜はニヤリと笑った。

「そ、そんな……」

両方を選ぶ、そんな選択肢があるのか。いや、それではあまりに優真に都合がよすぎる気がする。

「男と女の形なんて本人たちがよければいいんだよ。なるようになるさ。じゃあな、私も泊まりの準備があるから」

偶然か、桜は奈津美と同じことを優真に言った。そして優真の服から手を離すと踵《きびす》を返して階段に向かっていく。

「あ……」

本人同士がよければそれでいい。その言葉がなんども頭の中で反芻《はんすう》され、優真はそれ以上なにも言えずに桜の背中を見送った。

第五章　処女を捧げる清楚娘

ほんとうに桜と、そして香苗は、バッグを手にして家を出ていった。車で三十分ほどのリゾートホテルに予約が取れたので、エステ三昧《ざんまい》の一日を過ごすそうだ。

結美菜は明日の朝、香苗と入れ替わりに、ひとりでそこに向かう予定となっている。

そして今日は一日、この広い長山邸に優真と結美菜の二人きりだ。

「あの、結美菜ちゃん。ほんとうにこれでよかったの？」

リビングにあるコの字型に並んだ高級ソファー。そこに優真と結美菜は照れもあってか、少し離れて座っている。

部屋着のトレーナーとハーフパンツ姿の結美菜は、少し赤らんだ顔を伏せ気味にして黙っていた。

「うん……でも優真さんは私を選ばなくていいんだよ。ママのことを好きなんでしょ」

結美菜は顔をあげると、少し悲しそうに言った。大きな瞳にはまた涙が浮かんでいるように思えた。

自分の気持ちを抑えて母のことを選んで欲しいという美少女に、優真は胸が締めつけられた。

「正直に言うよ。情けないけど結美菜ちゃんと香苗さん、二人とも同じくらいに好きなんだ。桜さんに言われたからじゃないよ、この家に居候《いそうろう》させてもらったころからずっと……」

真正面から優真と向かい合ってくれる結美菜に嘘はつけない。だから正直に自分の思いを吐露した。

「こんなの都合がよすぎるよね、おかしいだろ」

それで軽蔑されても仕方がない。ただもう嘘やごまかしは言いたくなかった。

「ううん、優真さんがママと同じくらい私のことを思ってくれて嬉しい」

意外な答えを笑顔で返してきた結美菜は、ソファーから勢いよく立ちあがり、優真のほうに駆け寄ってきた。

そのままソファーに座る優真の膝に跨がり、強く抱きついてくる。

「好き、優真さん、大好き」

感極まったような顔を見せた結美菜は、形の整った小ぶりな唇を優真の口に押しつけていた。

そのままなんどもチュッチュッとキスを繰り返す。

「俺も好きだ、結美菜ちゃん」

吹っ切れた感情になった優真も、膝の上の結美菜の身体を抱き寄せて、強く唇を押しつけた。

今日は本気で結美菜と向き合う。その意志を表すかのように舌を彼女の口内に差し入れていった。

「ん、んんん、ん……」

舌が入った瞬間は大きな瞳を見開いて驚いた風の結美菜だったが、すぐに優真にすべてを任せて自分の舌を預けてきた。

優真は彼女の口腔内のすべてを舐め回すように舌を動かし、さらに強く吸った。

「んんん……んく……んんんん」

優真の肩に乗せている結美菜の腕から力が抜けていく。二人はお互いの気持ちを確かめるように延々と舌を絡ませ続けた。

「んんん……ぷは……ああ……優真さん」

ようやく舌が離れたときには、結美菜の瞳はすでに蕩けきっていた。

もうその顔は完全に女になっているように思える。

「ねえ優真さん、一緒にお風呂入ろ、昔みたいに」

どこか湿っぽい息を吐きながら、結美菜は向かい合う優真の唇にもう一度、軽くキスをしてきた。

「いいよ、行こうか」

子供のころ近所の田んぼにはまった結美菜を引っ張りあげようとして優真も泥だらけになり、祖父の家で共に風呂に入った記憶が頭に蘇ってきた。

「うん」

頷いた結美菜の手を握って優真は立ちあがる。これも子供のころにしたのと同じように、二人は手を繋いで歩きだした。

長山邸の浴室はかなり広く、洗い場は二人が同時に身体を洗っても、まだ余裕がある感じだ。

「やっぱり、恥ずかしいね、裸で向かい合うと」

浴槽《よくそう》も円形をした大きなジェットバスだ。明るいところで身体を見られるのが恥ずかしいと、結美菜は泡を出してその真っ白な裸体を隠している。

(でもチラチラ見えるほうがかえっていやらしいな)

浴槽の中で二人は向かい合って座っていた。さすがに二人で脚を伸ばすのは無理なので、膝を少し曲げている。

ジェットバスの泡が勢いよく噴き出して、結美菜の乳房の下半分くらいが隠れているのだが、たまに彼女が身体を動かすと乳首がのぞいたりする。

ピンク色の小ぶりな突起が泡の隙間から顔を出すのが、モロに見えるよりもいやらしく思えた。

(それに、こっちはけっこうハッキリと……)

乳房の辺りはちょうど泡が流れてきているのだが、その手前に目をやると、透き通ったお湯の中にある結美菜の下半身がうかがえた。

膝を曲げた白い脚の奥にある、漆黒の草むらが泡のない水面から見てとれるのだ。

(けっこう濃いんだな……)

色白で、見た目も性格も清楚な結美菜だが、むっちりとした太腿の奥にある陰毛はそこそこ濃いように思えた。

太そうな黒毛が海草のように湯の中で右に左にと揺れている。

「や、やだ、優真さん、どこ見てるの。エッチ」

向かい合う優真の目線が下に向いているのに気がつき、結美菜は慌てた様子で両手を自分の股間にもっていった。

すると両腕が乳房を左右から挟む形になり、Hカップの柔乳が持ちあげられて水面に飛び出した。

「きゃっ、やあああん」

ピンクの乳頭も出ているのに気がついて、結美菜は慌てている。

大学では将来を期待されている才媛の彼女が、恥じらいながら慌てている。その姿が優真の牡の感情を刺激した。

「いつまで隠すつもりかな、結美菜ちゃん」

ほくそ笑んだ優真は目の前の二つの巨乳に手を伸ばしていく。張りの強い丸みのある柔乳を、ゆっくりと揉み始めた。

「あっ、優真さん、ああん、だめ、あ」

口ではそう言っているものの、結美菜は抵抗する様子は見せない。

湯の中で膝を曲げた両脚をくねらせ、ピンクの唇を半開きにして喘いでいた。

「ここはどうかな」

もう彼女を感じさせることにためらいはない。少しでも気持ちよくなって欲しい。そんなことを思いながら優真は乳房を揉み、乳首を指でこね回していった。

「あああ、そこだめ、あっ、やあん」

風呂の湯に濡れ光る両乳房を絞るように揉みながら、先端の突起を軽く爪で引っ掻いてみる。

かなり敏感なほうなのか、結美菜は白い身体をなんどものけぞらせていた。

「ああ、変な声が、あああん、たくさん出ちゃう」

自分が女の声を出していることに戸惑いがあるのだろう。黒髪の頭を横に振りながら、結美菜は切なそうな瞳を向けてくる。

ただそんな彼女の恥じらう姿に優真はさらに興奮していく。

「結美菜ちゃん、こんどはここに手を置いてみて」

「え、こ、こうっ？」

優真が浴槽の縁《ふち》に両手を置くように言うと、無垢《むく》な結美菜は素直に従った。

その背後に優真は密着し、彼女の腰に腕を回して引き寄せた。

「あっ、優真さん、なにを、だ、だめえ」

腰を引き寄せられた結美菜は、湯の中に膝から下だけを入れ、浴槽に両手を置いた立ちバックの体勢になった。

当然ながら、お尻はうしろにいる優真に向かって突き出されている。

「ふふ、なにもかも丸見えだよ」

母親譲りの巨尻の前に膝をつき、優真は目の前にきた形のいい尻たぶを両手で割り開いた。

ぱっくりと開いた谷間には、ビラの小さな固そうな肉唇をした秘裂と、セピア色の小さなすぼまりがあった。

ピンクの裂け目の下のほうでは、小さな突起が顔を出している。優真はそこに自分の唇をもっていく。

「な、なんてところを見てるの、見ちゃだめ、あっ、いやっ、あ、ああ」

腰を九十度に曲げたポーズのまま、こちらを振り返った結美菜の顔はこれ以上ないくらいに真っ赤で、大きな瞳は見開かれている。

ただ優真の舌が触れると、背中をのけぞらせて悲鳴のような声をあげた。

「あ、あああん、そこは、あ、あああ、だめえ、はあああん」

ムチムチとした下半身をよじらせ、浴槽の湯に波を立てながら結美菜は甘い声を響かせている。

クリトリスの先端を擦るように舐めると、巨大なヒップが波打つ。

(けっこう敏感だな。結美菜ちゃんでも自分でいじったりするのかな)

研究一筋でおそらくはバージンの結美菜でも、自分でオナニーをして性欲を発散させたりするのだろうか。

そんな妄想をすると、優真は彼女の牝の部分を暴いてみたいという衝動に駆られ、舌を激しく動かした。

「あああああ、あああああん、優真さん、はあああん、だめえ、あああん、ああ」

浴槽の縁についた腕を伸ばしたり縮めたりしながら、結美菜はよがり泣きの声をどんどん激しくしていく。

立ちバックの体勢の上体の下で大きさを増しているように見える巨乳が、釣り鐘のように横揺れし互いにぶつかった。

(こっちもすごく動いてる)

いまはクリトリスの上側にある膣口がヒクヒクとうごめいている。

なにかを求めているようなその動きに吸い寄せられるように、優真は指をゆっくりと押し込んだ。

「ひ、優真さん、あっ、なにを、ああ、そこは、あっ」

膣内はすでに愛液にまみれていて、一本だけの指を簡単に飲み込んだ。

もちろん奥までは入れていないが、結美菜は驚いた様子でこちらを振り返った。

「初めて……だよね。痛かった？」

わかってはいるがいちおう確認をしながら、優真は指を引きあげる。

愛液が指にまとわりついてきて、クチュリと音を立てた。

「うん、人に見られるのも初めて……でも痛くないよ、大丈夫」

切なそうな顔をうしろに向けて、結美菜は消え入りそうな声で言った。

少し怯えているようにも見えるが、その大きな瞳には力があり彼女の覚悟を感じさせる。

「うん、わかった」

バージンの結美菜が覚悟を決めて求めているのだから、優真がビビるわけにはいかない。

再びクリトリスに舌を押しあて激しく転がし、指も膣口に入れて掻き回した。

「あ、あああん、優真さん、ああ、そんな風に、あ、あああ」

愛撫が再開された瞬間、張りの強いヒップがブルッと震えて波を打った。

そのお尻に優真は顔を埋めているので結美菜の表情はうかがえないが、その声は一気に艶を帯びていった。

「ああん、だめ、あああ、そこ、あ、あああん、あああ」

膣口の指を軽くピストンさせると、愛液がさらに溢れてくる。クリトリスも硬化してきていて、ビクビクと小刻みに動いている。

突き出された桃尻も激しく揺れる巨乳もピンクに上気し、結美菜の全身が昂ぶっているのが感じられた。

「アソコの中、気持ちよくなってきたのかな？」

肉芽から唇を離して彼女の顔を覗き込み、媚肉を愛撫する指のほうは二本に増やした。狭い膣道の肉が愛液と共に強く絡みついてきた。

「あ、あああん、わかんない、ああん、でも、ああっ、私、おかしい、ああ」

身体は立ちバックのポーズのまま、顔だけをうしろに向けた結美菜はずっとよがり泣きを続けている。

秀才の美少女の面影は消え、大きな瞳も蕩け、唇も半開きで白い歯がのぞいていた。

「おかしくなっていいんだよ、結美菜ちゃん」

結美菜が女の頂点に向かおうとしているのだと確信し、優真はさらに指を動かし、クリトリスを再び唇で挟んだ。

肉の突起を少し引っ張りながら、先端を激しく舐め回した。

「ひいいん、だめ、私、あ、ああ、ほんとにおかしくなる、ああ、ああ、だめぇ」

結美菜は腰を曲げた身体を激しくよじらせ、淫らな喘ぎを湯気に煙る浴室にこだまさせた。

赤く染まった肌も波打ち、指を飲み込んだ膣口が強く締めつけてきた。

「んん、イクんだ、結美菜ちゃん。んんんんん」

さらに激しくクリトリスを吸い、膣口の二本指も少し中まで入れてピストンした。

豊満な尻たぶの間に見える小さなアナルが収縮を繰り返し、膝まで湯に浸《つ》かった肉感的な両脚が内股気味によじれた。

「あ、ああ、結美菜、ああ、もうだめ、はああああああん」

そんな言葉を口にしながら、結美菜は浴槽の縁を強く握り、背中を弓なりにした。

湯と汗に濡れ光る白い身体がブルブルと痙攣を起こし、乳房やヒップの柔肉が大きく波を打った。

「いやっ、ああ、なにか出ちゃう、まって、ああっ」

瑞々しい女体が感極まるのと同時に、優真の目の前にある秘裂の真ん中から液体が噴き出した。

「うっ」

なんと結美菜は絶頂と同時に潮まで吹いたのだ。それが優真の顔に浴びせられるが、かまわずに指も舌も動かしていく。

(すごい、バージンなのにこの子……)

生まれて初めて男の愛撫を受けて、絶頂を極めた上に潮まで吹いている。

この無垢な美少女の中には淫女の本性があるのか。乱れ狂うその姿に優真自身も強く興奮し、潮が顔にかかっても気にもならなかった。

「優真さん、あああ、だめ、あああん、止まらない、ああ、ごめんなさい、ああん」

真っ赤になった顔をうしろに向けて、結美菜はもう泣き声で叫んでいる。

ただ肉体のほうは絶頂の発作を繰り返し、なんども優真の顔に向けて潮を吹く。

「おあいこだよ結美菜ちゃん。とことんまで出すんだ、んんんんん」

泣きながら潮吹きする結美菜にそう声をかけながら、優真は夢中になって舌と指を動かし続けた。


浴室での行為はそこまでにして、場所を優真が間借りしている二階の部屋に変えた。

「もう恥ずかしい、ああ、結美菜、死んじゃいたい」

イッただけでなく潮まで吹き、しかもそれを優真の顔に浴びせかけてしまった。

処女の結美菜にとってはたまらない恥ずかしさなのだろう、この部屋に入るなりベッドに飛び込んで布団にくるまってしまった。

「うん、たしかにすごくエッチだったね、結美菜ちゃん」

腰にバスタオルを巻いた姿でベッドの横に立ち、優真はニヤリと笑った。

イッたあと激しい羞恥に襲われたのか、半泣きで恥じらう結美菜がたまらなく可愛らしかった。

「ひどいわ、優真さんの意地悪。もうやだあ」

結美菜も身体にバスタオルを巻いてきたのだが、勢いよく布団にくるまったのでもう取れてしまっている。

布団の中の結美菜の身体は丸裸の状態だ。その布団を、顔を隠そうとして引き寄せているので、お尻が少しはみ出していた。

「そうだよ意地悪だよ。だからもっとエッチないたずらしちゃうかもね」

布団の横からのぞくお尻の奥に優真は手を滑り込ませた。そこにはいまだ愛液にまみれている膣口がある。

指先をぬめった入口に挿入し、優真は軽く動かしていった。

「あ、優真さん、なにを……あ、あ、だめ、ああ、ああん」

恥じらってはいても、二十歳の肉体は見事に反応している。優真のほうに背中を向けていた結美菜の身体がごろりと仰向けになる、顔も布団から出てきた。

「結美菜ちゃん、すごくエッチな顔になってるよ」

「あ、ああん、優真さんがこんな結美菜にしたのよう、ああん、ああ」

甘えた声を出しながら結美菜はひたすらに喘いでいる。自分でも快感に逆らえないというのがわかっているのか、戸惑いつつも声を抑えたりはしていない。

結美菜の肉体は女として充分なくらいに昂ぶっているように見えた。

「結美菜ちゃんの初めて、もらってもいい？」

膣口へのいたずらをやめ、優真はベッドの横から身を乗り出して彼女に言った。

「うん、結美菜の初めてをもらってください」

顔の下半分を布団で隠しながら、結美菜は恥ずかしげに言った。

女性にとって一生に一度の初体験を、優真に捧げる決意をしてくれている。嬉しさに胸が震えた。

「でもその前に、私からも優真さんを愛させて」

少し瞳を輝かせた結美菜は身体を起こして布団を横にやる。

そしてＨカップのバストをブルンと弾ませながらベッドに膝をつき、優真の腰のバスタオルを剝がしにかかってきた。

「結美菜ちゃん、いいよ」

ベッドの横に立つ優真の足元にバスタオルが落ちる。剝きだしになった股間でまだだらりとしている肉棒に、結美菜は手を伸ばしてきた。

「だーめ、さっきの仕返しをするんだから」

笑みを浮かべた結美菜は肉棒を手で持ちあげて、自分の顔の前にもってきた。

そして四つん這いになって躊躇なく舌を出すと、亀頭の先をペロペロと舐め始めた。

「う、結美菜ちゃん、そんなことまで、うう、しなくても」

唾液に濡れた舌が赤黒い亀頭をねっとりと舐めていく。先ほどまで顔を赤くして恥じらっていた彼女とは別人のように大胆な舌使いだ。

「んん、いいの、優真さんにもちゃんと気持ちよくなって欲しいの。でもあまりやりかたがわからないけど」

たどたどしい舌使いだが、結美菜は懸命に亀頭の裏筋やエラを舐めていく。

男のモノを舐めることにためらいは感じさせなかった。

「しゃぶったらいいんだよね」

そう言って唇を開いた結美菜は、半勃ちといったところの肉棒を飲み込んでいった。

亀頭が完全に彼女の整った唇の中に入り、唾液に濡れた粘膜に包まれる。

「んんん……んん……」

ただ、そこからどうしていいのかわからないようで、結美菜は肉棒を口に含んだまま、ちらりと優真のほうを見た。

「軽く吸いながら、しゃぶって」

「んんん、んく、んんんん」

結美菜は小さく頷いたあと、さらに奥に亀頭を飲み込み、優真に言われたとおりにしゃぶり始めた。

頬の裏が唾液とともに絡みつき、亀頭を優しくしごきあげる。

「ああ、結美菜ちゃん」

清純な美少女が一生懸命に自分のモノをフェラチオしている。いつしか頭まで動かし始めた結美菜を見つめながら、優真は腰を震わせた。

「んんん、んく、んんんん」

そんな優真の顔を澄んだ瞳で見あげながら、結美菜はさらに頭を大きく振り始めた。

黒髪が弾み、ベッドに四つん這いの身体の下で、巨乳がブルブルと揺れている。

「くうう、結美菜ちゃん、最高だよ」

気持ちのこもったしゃぶりあげに、優真もどんどん感極まっていく。

ベッドの横に立つ優真の下半身はずっと小刻みに震え、肉棒の根元もなんども脈打っていた。

「んんん、んんん、ぷはっ」

一心不乱にフェラチオをしていた結美菜が突然、驚いた顔で優真の股間から顔を離した。

「な、なにか出てきた」

目を丸くして自分の唾液に濡れた亀頭を見つめている。その視線の先にある尿道口からは先走りの白い薄液が漏れていた。

「男はすごく気持ちよかったら、射精の前にこうしてちょっと出ちゃうんだ」

結美菜ちゃんのフェラチオがすごくよかったからだよと、優真は四つん這いの美少女に向けて言った。

「ふうん、男の人ってそうなんだ」

研究者としての気質が強いのか、結美菜は男独特の反応を見せた優真の逸物を興味深そうに見つめている。

「たしかに昨日の精液より薄いかも……んんんん」

大きな瞳を少し寄り目にした彼女は、突然、白濁液を出している尿道口に吸いつい
てきた。

「は、はうっ、結美菜ちゃん、それだめ、くうう、はうう」

ストローから飲み物を飲む要領で、結美菜は先走りのカウパー液を吸い込んでいく。

尿道口にあった薄液を強制的に吸い出され、優真はむず痒さを伴った快感にお尻を
ビクビクと引き攣らせた。

「ごめんなさい、こうしたら優真さんが喜ぶ気がして。痛かった?」

あまりに強い反応を優真が見せたので、結美菜はきょとんとした顔になっている。

そんな結美菜の形の整った唇の横を、白濁液がひとしずく流れ落ちていた。

「痛くはないよ。でも結美菜ちゃんの吸い込みが激しくて、気持ちよ過ぎたかな」

一気に淫靡に成長していく幼なじみに少し戸惑い、優真は照れ笑いした。

「そ、そんな……ごめんなさい……」

結美菜も恥ずかしそうに頬をピンクに染めて下を向いた。

二人はそこから言葉が出ず、ただ黙って向かい合った。

「結美菜ちゃん、いいかな」

無言の時間に耐えかねて、優真のほうから声をかけた。

なにも言わずにこくりと頷いた結美菜の肩を掴んだ優真は、その白い身体をベッドに倒していった。

「ゆっくりいくからね。我慢出来なくなったら言って」

仰向けに寝た結美菜の身体の上で、小山のように盛りあがったHカップの巨乳が横揺れしている。

優真もベッドに乗り、ムチムチとした白い脚を抱え、その間に自分の身体を入れた。

「うん。気にしないで最後までして優真さん。桜さんに妊娠しないお薬をもらってるから」

緊張からか強《こわ》ばった表情を見せながら、結美菜は大きな瞳を優真に向けてきた。

その目の色には強い女の覚悟を感じさせる。もう自分は子供ではないのだと、主張しているように思えた。

「うん、いくよ」

ただバージンであるのにかわりはない。優真の巨根をいきなり奥まで入れたりしたら、かなりの痛みを感じてしまうだろう。

割り開かれた肉感的な太腿の間で優真は、けっこう濃いめの陰毛の下にある裂け目に向かい、亀頭をゆっくりと押し入れた。

「あっ、くう、んんんん」

硬化した亀頭が、膣口を大きく拡張して結美菜の中に入り始める。同時に白い歯を食いしばった美少女は、こもった声を漏らした。

「だ、大丈夫?」

狭くてきつい結美菜の膣内は、浴室での行為で充分に潤っていて、その締めつけは甘くて甘美だ。

ただ彼女の苦しそうな顔を見ていると、優真は自分の快感に溺れている場合ではないと、腰の動きを止めた。

「あっ、やめちゃいや、優真さん。結美菜を女にしてくれるんでしょ」

仰向けの結美菜は、優真をじっと見つめて少し微笑んだ。息もあがっているし、苦しそうに見えるのだが、それでも笑っている。

「うん、いくよ、最後まで。結美菜ちゃんの初めてを俺にくれ」

強い覚悟を見せる二十歳に、もう自分がビビっている場合ではないと、優真も覚悟を決めた。

彼女の脚をあらためて両腕で固定し、怒張を前に押し出していく。

「あっ、くうん、優真さん、あ、あ、あくう」

肉棒が濡れた秘肉の中を進み、処女膜の抵抗が感じられた。同時に結美菜の苦悶の声がさらに大きくなる。

声だけでなく身体のほうもかなりよじれていて、巨乳がブルブルと弾んでいた。

「いくよ、結美菜ちゃん、おお」

「来て、優真さん、あっ、あああ」

処女の証しの抵抗を感じながら、優真は一気に肉棒を奥に向かって押し入れた。

怒張は膜を突き破り、結美菜の膣奥に向かって突きたてられた。

「はあはあ、入ったよ、結美菜ちゃん」

いつしか優真も呼吸が激しくなっていた。いまも結美菜の膣肉がグイグイと肉棒を締めつけている。

その強さが二人がついにひとつになったのだと感じさせた。

「う、うん、優真さんので、私の中、いっぱいになってるよ」

仰向けの彼女もまた額に汗を浮かべて、息を弾ませている。ただその顔には満足げな笑みが浮かんでいた。

「苦しくない？」

「う、うん、最初は痛かったけど、少しマシになってきてる、あんっ」

心配になって尋ねた優真に答えていた結美菜が、急に艶のある甲高い声をあげた。

「えっ、やだ」

本人も自分の反応にびっくりした様子で、大きな瞳をさらに見開き、手で唇を覆っている。

（もしかして……）

初体験で自分の巨根を受け入れているので、結美菜は苦痛しか感じていないのだろうと優真は思っていた。

なのに彼女は甘い声を出した。もしかするともう膣奥で感じているのか。恐る恐るだが優真は軽く一突きしてみた。

「あっ、やん、優真さん、だめ」

こんどははっきりとした喘ぎ声をあげた結美菜は、戸惑った目で優真を見あげてきた。

優真の思い込みかもしれないが、仰向けに寝たグラマラスな身体も赤く上気してきているように見えた。

「奥が感じるの？　結美菜ちゃん」

初体験の女性が膣奥で感じるものなのかという疑いはあるが、確かに結美菜の声は女の喘ぎだ。

優真はさらに腰を動かしてピストンを開始した。

「あっ、ああん、わかんない、ああん、けど、ああん、奥が変なの、ああ」

ベッドに横たえた身体をよじらせて、結美菜は湿った息を漏らし、形の綺麗な唇を半開きにしている。

その表情も一気に色香を帯びていて、優真はもう確信を持ってピストンしていく。

「はああん、優真さん、ああん、だめっ、ああ、私、ああ、恥ずかしい、ああっ」

ただ戸惑いは強いのだろう。結美菜は頭をなんども横に振り、シーツを握りながら切ない声で訴えてきた。

「いいんだよ結美菜ちゃん、気持ちよくなってくれたら俺も嬉しい」

結美菜の仰向けの上半身で、ピストンのリズムに合わせて巨乳が大きく波を打つ。

先端にある桃色の乳首も完全に尖りきり、彼女の昂ぶりを表しているように思えた。

(奥もすごく熱くなってきた……)

膣の奥から熱い愛液がどんどん溢れ出し、亀頭にまとわりついてくる。

それが強い締めつけの処女の媚肉の摩擦を生み、ピストンのたびに強烈な快感を肉棒に与えていた。

「うう、くう、うう」

腰を振るたびに快感が頭の先まで突き抜け、優真はこもった声を漏らしながら歯を食いしばる。

気を抜いたらすぐに射精してしまいそうなのを、なんとか踏ん張っていた。

「ああ、あああん、優真さん、ああ、大丈夫？　あ、あああん」

自分も余裕はないだろうに、結美菜は優真を気遣って声をかけてきた。

「大丈夫、結美菜ちゃんの中がすごくよくて、ううっ、声が出ちゃうんだ」

「ああああん、そんな、ああ、恥ずかしいよ、あ、あああん」

巨乳を波打たせながら結美菜は少し瞳を潤ませる。唇はさらに大きく割れ、朱に染まった白い肌には、もう大粒の汗が流れている。

彼女もまた快感にすべてを飲み込まれようとしているのだ。

「俺も気持ちよくなるから、うう、結美菜ちゃんも、もっと気持ちよくなって」

柔らかく肉感的な白い脚を、優真は両腕でしっかりと固定し、もうすべてをぶつけるようにピストンした。

あまり無茶をしてはという思いもあるが、結美菜をとことん感じさせたいという本能が勝っていた。

「う、うん、あああっ、ああん、だめ、ああ私、変になりそう、あっ、はあああん」

変にという言葉を言った瞬間に、結美菜は大きく仰向けの身体をのけぞらせた。

Hカップのバストが千切れそうなくらいに弾み、優真に抱えられた白い脚が小刻みに震えている。

「もうイクんだね、結美菜ちゃん」

結美菜が女の頂点に向かおうとしているのだと、優真は確信した。

初体験でそこまでとは思うが、彼女の焦点の定まらない瞳がそれを告げている。

「あああん、わかんない、ああん、でも、ああ、私、ああ、苦しいくらい気持ちいいの、あああん、ああ」

シーツを強く摑んだ結美菜は、白い歯を見せながら絶叫した。戸惑いはあっても快感に逆らいきれずに流されている。

「結美菜ちゃん、イクんだっ、おおお」

そんな美少女の股間に優真は激しく怒張を叩きつける。血管が浮かんだ肉竿がぱっくりと開いたピンクの膣口を出入りし、粘っこい音があがった。

中の媚肉もグイグイと締まってきて、優真自身も快感に溺れながら腰を動かした。

「ああああん、あああっ、来る、あああ、私、ああ、イッちゃうぅ！」

女の本能で自分が絶頂に向かうと確信したのか、結美菜はそう叫びながら背中を弓なりにした。

巨乳が大きくバウンドし、汗が浮かんだ白い柔肉とピンクの乳頭が彼女の胸の上で踊っている。

「ああああ、イクうううううっ！」

最後に今日いちばんの絶叫を響かせて、結美菜は全身を引き攣らせた。

優真の腕の中で、肉感的な白い脚がピンと伸びきったあと、ビクビクと激しい痙攣を始めた。

「あああ、あああん、だめえ、あああん、ああ」

初めての絶頂の発作に戸惑いつつも、結美菜は全身を断続的にくねらせる。

膣道もそれに呼応するように強い収縮を繰り返し、怒張に絡みながら強く締めあげてきた。

「うう、結美菜ちゃん、俺も、イク、イクよ、くううっ」

濡れた処女肉の最奥にまで亀頭を押し入れ、優真も射精を開始した。

亀頭が大きく膨らんだあと、勢いよく精液が飛び出していく。

「ああっ、優真さんの、ああ、来てる、あああん」

ここでも初めてとは思えない恍惚《こうこつ》とした顔を見せながら、結美菜は巨乳を踊らせて悶え続けている。

射精のたびに肉の薄い腹部を小刻みに波打たせながら、部屋に歓喜の声をこだまさせていた。

「うう、もっと出すよ、結美菜ちゃんの奥に、ううう」

優真もなんども腰を震わせ、膣奥に精をぶちまける。彼女の両脚をしっかりと抱え子宮に届けとばかりに射精を繰り返す。

快感もかなり強く、優真は口を開いたまま肉棒の脈動に身を任せていた。

「ううう……っ、はあ、はあ、終わったよ、結美菜ちゃん」

「あ、はあああん、優真さん……ああ……」

互いに長く続いた発作もようやく終わり、優真はほっと息を吐き、結美菜も力が抜けたように、ベッドにその白く豊満な身体を投げ出した。

額に汗を浮かべ、頬をピンク色に染めた彼女の顔は満足げに見えた。

「ああ……やだ、私、すごいエッチな姿を……もうやだあ」

冷静になって落ち着くと結美菜は急に恥ずかしくなってきたのか、手で顔を覆い隠して身体を横に向けた。

射精を終えた肉棒が彼女の中からこぼれ落ち、精液が糸を引いた。

「え、いまさらそんなに恥ずかしがらなくても」

ただこの恥じらい深い姿が本来の結美菜だ。それが感じ始めると別人のようになるギャップが、優真の男の欲望を刺激するのだ。

「もうやだ、死にたい」

身悶えする結美菜だが、いまだ脚は開いたままで濃いめの陰毛や秘裂は晒されたままだ。そんな少し抜けたところもまた可愛らしいと、優真は微笑んだ。

そして彼女の秘裂の下にあったシーツには、赤い処女の証しが小さな染みになって広がっていた。


二人の時間は明日の朝までだ。食事も出前にし、食後はリビングのソファーに並んで座った。

ただ横並びだったのはわずかな時間で、朝と同じように優真の膝の上に結美菜が乗って顔を向かい合わせていた。

「んん、ん……んく……んんんん」

顔が近づくとすぐに唇を重ねてしまう。いままでお互いにあった遠慮のようなものが吹き飛び、感情が暴走気味になっている。

結美菜も優真の頬に両手を添えながら、大胆に舌を貪ってきていた。

「んん……結美菜ちゃん、エッチな顔だね」

唇が離れると唾液の糸が引いた。鼻がつく距離にある結美菜の顔は、大きな瞳はうっとりと潤み、唇もキスのせいで濡れている。

「ん、んん、優真さんがエッチな顔にさせるんでしょ、ん」

少し笑顔を見せて結美菜は優真の唇に軽くキスをした。その声もまたどこか艶があった。

「そうなの、じゃあこのお尻がこんなに大きなのも俺のせいかな」

優真は膝の上の結美菜のヒップを撫でさすった。母親譲りの巨尻は、いまは白いパンティだけで、尻たぶの半分ほどが晒されている。

はみ出している量感たっぷりの尻肉を優真は軽く摑んでみた。

「あん、やだ、お尻や胸が大きいのあんまり好きじゃないの。いつも見られるし」

上半身は裸の上からTシャツだけの結美菜は、布の下の巨乳を揺らしながら唇を尖らせた。

優真もTシャツにトランクスだけの姿なので、互いの太腿の肌が触れあっている。

彼女の身体が一気に熱くなっていくのが、生々しく感じられた。

「じゃあ、俺も触らないほうがいいのかな」

そう言いつつも優真はさらに結美菜のお尻を摑んだり、撫でたりを繰り返した。

張りの強い尻肉は男の指を弾くような瑞々しさをもっている。反面、肌はしっとりとしていて、吸いつくような感触があった。

「やん、もう意地悪。優真さんはいくらでも触っていいの！」

そう言って結美菜は優真にまたキスをしてきた。食事後はずっとこんな風にいちゃいちゃしている。

すっかり恋人同士のように肌を触れあわせているのが、なんとも心地よかった。

「じゃあ、おっぱいもたっぷりと触らせてもらおうかな」

ただこの時間も今日一日だ。明日は母の香苗と過ごし、月曜日にはどちらかを選ばなくてはならないのだ。

ふとそんな考えが頭によぎり、優真は急に寂《さび》しい気持ちになった。

「あ、やあん」

そしてそれを振り払おうと、結美菜のTシャツをまくって頭から脱がせ、Hカップのバストを丸出しにする。

大きく弾んだ巨乳の先端にあるピンクの乳首に吸いつくと、結美菜はすぐに小さな喘ぎを漏らした。

「じゃあ遠慮なく」

両手は尻肉を摑んだまま、優真は唇で結美菜の小ぶりな乳頭をしゃぶり始めた。巨乳に反比例するような可愛らしい突起を吸い、さらに舌先で転がした。

「は、はあああん、優真さん、ああっ、あああん、そんな風に、あ」

乳首を責められるのと同時に、結美菜は切なそうな顔で喘ぎだした。自分の指を嚙むような仕草を見せていて、一気に色香を増していく。

「たくさん気持ちよくなってよ、結美菜ちゃん」

優真は激しく舌を動かし、乳頭を舐め回す。そして尻肉を摑んでいる手の片方を離し、もうひとつの乳房を揉み乳首を摘まみあげた。

「あ、はあああん、両方なんて、あああん、だめえ、あああ」

優真の膝の上で下半身をよじらせながら、結美菜はひたすらに喘いでいる。

そんな彼女の乳房を大きく揉み、優真もいつしか豊満で若々しい肉体に溺れていく。

「結美菜ちゃん、立ってみて」

もっと結美菜の感じる顔を見たい。そして同時に恥じらう姿も見てみたいと思い、優真は結美菜の身体を膝から下ろした。

「うん……」

結美菜は素直に頷いてパンティだけの身体でリビングの床に立ち、ソファーに座る優真を見下ろす形になった。

ユサユサと揺れているHカップのバストへの刺激がなくなっても、その大きな瞳は蕩けたままだ。

「もっといい声を聞かせてよ、結美菜ちゃん」

優真は結美菜の白いパンティに手をかけて脱がせていく。清純な美少女には少々不似合いに見える陰毛が露わになる。

その濃い密度の黒毛を指で掻き分けて、秘裂の中に指を忍び込ませた。

「あっ、そこは、あっ、やあああん、あああ」

クリトリスをまさぐりだして指を動かすと、結美菜は直立している白い身体をビクッと引き攣らせた。

息づかいも一気に荒くなり、下腹部が少し引き攣っていた。

「ここもすごく濡れてるよ」

さらに奥にある膣口に指を触れさせると、クチュリという音と共に熱い媚肉が絡みついてきた。

彼女の体温を感じながら、優真は円を描くように指を動かした。

「ひうっ、あああん、優真さん、ああん、中だめ、あ、あああん」

すぐに結美菜は大きなお尻をよじらせ、甘い声を長山邸の広いリビングに響かせる。

その反動でたわわな巨乳も横揺れし、二つの肉房がぶつかって波を打っていた。

「あ、あああ、私、ああ、はあああん、声が止まらないよう、ああ」

数時間前までバージンだったとは思えないほど、結美菜は凄まじい反応を見せ、床に立ったまま全身をくねらせている。

自分の身体の淫らさをまだ心が受け入れていないのか、戸惑いの顔を見せていた。

「さっき優真さんはいくらでも触っていいって言ったじゃん」

「ああああ、だって、あああん、エッチ過ぎるよ、あああん、結美菜、もっと恥ずかしい顔になっちゃうからあ、ああっ」

全裸の身体をなんどものけぞらせながら、結美菜は可愛らしい顔を崩していく。

恥ずかしいが快感にどうにも逆らえないという感じが、なんともいじらしく、優真はさらに燃えさかった。

「好きなだけ恥ずかしい顔になって。ちゃんと見ててあげるからさ」

少し意地悪を言いながら優真も結美菜の前で立ちあがった。

胸と胸がくっつきそうな距離で向かい合い、彼女の左脚だけをソファー用の低いテーブルの上に乗せさせた。

「あっ、なにをするの？　やだ、ああ、こんなの」

左足だけをテーブルに乗せ、片脚立ちになった結美菜は、自分の股間が大きく開かれているのに気がついて声をあげた。

ただ手で覆い隠したり、脚を下ろそうとはしない。なよなよと耳まで真っ赤になった頭を横に振っているだけだ。

「このまましようか？　結美菜ちゃん」

もう結美菜は恥ずかしさすら快感に変えている。そんな風に思いながら優真はトランクスを脱いだ。

乱れていく美少女にあてられてすでにギンギン状態の肉棒が、バネでもついたように飛び出してきた。

「えっ、ここで？　そんなの、あ、優真さん、あ、あああああん」

戸惑う彼女の身体を抱き寄せ、優真はいったん腰を沈めて、亀頭の照準を膣口に合わせる。

片脚立ちでぱっくりと開かれている結美菜の入口に、天を衝いた逸物がゆっくりと入り込んでいった。

「あああ、優真さん、あああん、はうっ、ああ、奥っ、だめえええ」

苦痛を感じている様子はないので、優真は一気に怒張を突きあげた。

奥のほうもかなり濡れそぼっていて、そこに亀頭が食い込むと、結美菜は片脚立ちの身体を震わせて優真の肩を懸命に摑んできた。

「結美菜ちゃんの中、すごく熱いよ」

そのまま優真は腰を使って結美菜の膣奥を突きあげる。血管が浮かんだ肉竿が開かれた股間に出入りを始めた。

「あああん、優真さん、ああ、私、こんな格好で、あああん」

立ったまま快感を得ている自分が恥ずかしいのだろう、結美菜は切なそうな顔で訴えてきた。

反面、膣肉のほうはグイグイと怒張を締めあげている。

（一気に目覚めていってるな……よし）

羞恥心すら快感に変えている結美菜は、どんどん淫らな牝の本性を露わにしている。

そんな彼女をもっと追い込もうと、優真は一度、怒張を引き抜いた。

「ここに座って結美菜ちゃん」

「ふあ……ここ？」

肉棒が抜け出ると結美菜は虚ろな表情を見せた。そして優真に命令されるがままに、片脚を乗せていた低いテーブルにお尻を下ろした。

「そのままじっとしてていいからね」

優真は彼女の両足もテーブルの上に乗せ、M字開脚の体勢をとらせた。そして再び肉棒を濡れた膣口に押し込んでいく。

「これ、なにもかも丸出しだよう、ああ、あああん、はあああん」

M字開脚の体勢になると股間が大きく開かれ、濃いめの陰毛の下にある結美菜の女の部分がすべて露わになる。

それを恥じらってはいるものの、怒張が再びそこに侵入すると、背中をのけぞらせて結美菜はあられもなくよがり泣きを始めるのだ。

「見てごらん、結美菜ちゃんのオマ×コに俺のチ×チンが入っているよ」

豊満な結美菜の白尻が乗ったテーブルの前に膝立ちの優真は、わざと淫語を使いながら、大きく腰を使ってピストンを開始した。

巨大なHカップのバストが小ぶりな乳頭と共に大きく弾みだす。

「ああ、いや、あああん、そんなこと言っちゃいや、あ、ああああん」

自分でもちらりとその結合部を見た結美菜は、激しく喘いで上半身をのけぞらせる。

身体を支えるためにうしろに両手をついたので、彼女の腰がさらに前に出てきた。

「すごくいやらしいよ結美菜ちゃん、おおおお」

優真は一気に腰の動きを速くする。彼女がもうのっぴきならない状態だというのはわかっている。

初体験でものぼりつめた女体は一気に燃え上がっているようで、媚肉の締まりも強くなってきていた。

「うう、結美菜ちゃんの中、最高だよ」

ドロドロに蕩けた媚肉は優真の肉棒を強く締めつつ、愛液とともに絡みついてくる。

あまりの快感に優真も声を漏らしながら、懸命に怒張を振りたてていた。

「あああん、ああ、いい、あああ、優真さん、ああん、好きっ、ああ、大好きぃっ」

うっとりとした顔を優真のほうに向けた結美菜は、倒し気味にしていた上半身を起こして優真の首に腕を回してきた。

下半身はテーブル上でお尻をついてM字開脚のまま、ピンクの女肉に怒張を受け入れた美少女は、勢いをつけて優真にキスをしてきた。

「んんん……んくう……んんんん」

上下で同時に繋がりながら、二人は激しく舌を絡ませた。その間も優真はピストンをやめていない。

「んんんん……ぷはっ、俺も好きだよ、結美菜ちゃん、愛してる」

唇が離れると優真も夢中で叫んでいた。嘘偽りのひとつもない正直な気持ちだった。

「あああああん、でも、ああ、ママを選んでいいんだよ、あああん、優真さん、あああ、私、すごく感じてる、あああ」

少し悲しい目でそう言ったあと、美悠は喘ぎ声をさらに大きくし、優真に強くしがみついてきた。

「おおお、結美菜ちゃんっ」

なにか言葉を返すのは結美菜の心を傷つけてしまうと思い、優真はただひたすらにピストンを繰り返した。

気持ちを込めて昂ぶる怒張を膣奥に突きたてた。

「あああ、ああん、優真さん、あああ、もうイク、はあああん」

二つの巨大な乳房が激しく舞い踊る中、結美菜は限界を叫んだ。もう絶頂を迎えることをしっかりと受け入れている。

「イクんだ結美菜ちゃん」

Ｍ字に開いた結美菜の脚の両膝を掴んで固定し、優真は力を振り絞って腰を振りたてた。

「あああ、はあああん、結美菜、あああ、イク、イクうううう！」

背中を丸めた上半身を激しく痙攣させた結美菜は、唇を割り開いてエクスタシーにのぼりつめた。

乳房も激しく波打たせ、テーブルの上でＭ字開脚の白い脚がなんどもひきつけを起こしている。

「あああ、ああああん、優真さん、ああ、んんんんん」

断続的に息を詰まらせたあと、結美菜はなんと優真の肩に噛みついてきた。

まるで自分の跡を刻み込むかのように強めに歯を立てる。

「くうっ、結美菜ちゃん、うう、俺もイク、くうう、出るっ！」

その痛みをきっかけに優真も怒張を爆発させた。膣奥深くにある亀頭が脈動し、大量の精液がぶちまけられた。

「ああ、結美菜ちゃん、ううう、くう、出るよ、うう」

噛みつかれた痛みも、なぜか自分の心を満たしていくような気がする。
優真は結美菜の身体を抱きしめながら、なんども腰を震わせて精を放ち続けた。

第六章　美熟未亡人の情欲

優真と結美菜はリビングの痴態からほどなくして、裸で抱き合ってベッドで眠った。

朝になり優真が目を覚ますと、すでに結美菜の姿はなかった。

「おはよう、優真くん」

一階に降りてリビングに入ると、香苗が顔を出した。上は黒のカットソーに下半身はロングスカート姿でエプロンをしている。

「おはようございます」

地味目の服装でもそのグラマラスな身体は隠せていない。

大きな瞳で微笑む美熟女に優真は頭を下げて食卓のテーブルについた。いつもの朝の光景だが、あきらかに雰囲気が違った。

「今日はお隣で食べていいかしら」

テーブルの上になんとなく違和感を覚えたのは、二人分の皿やカップが横並びに置かれていたからだ。

普段、一緒に食事をとる際も香苗は優真の対面に座る。長山邸の食卓は一枚板の大きなテーブルなので、けっこう距離があった。

「は、はい」

優真は緊張気味に頷いた。香苗もあまり優真のほうは見ないまま、隣のイスに腰を下ろす。

「コーヒーでよかったわよね」

「はい」

いつものようにかいがいしく世話を焼いてくれる香苗は、動きがかなりぎこちない。あきらかに緊張しているように見えた。

(するんだよな、香苗さんと……)

コーヒーを少し飲み、トーストをかじったがあまり味はしない。

優真の目は、すぐそばで彼女が少し動くたびにフルフルと揺れている、Ｉカップだという胸に釘づけだ。

ただ、じゃあお願いします、とか、やらせてください、などと言えるはずもない。

(香苗さんは本気なのか……)

一昨日は泣いた娘と桜の勢いのせいで、冷静な判断が出来なかっただけではないのか。

こんなにも美しくて優しい彼女が、優真のようなごく普通の、それもかなり年下の男に本気になるのだろうか。

そんな疑念が優真の頭に湧き起こる。ますます香苗に変な発言は出来ないと思った。

「あの、優真くん、聞いて欲しいの」

どうしたらいいのか悩んでいると、香苗が急にこちらに身体を向けた。

よく見たら、香苗はお皿の上の朝食にまったく手をつけていない。

「あなたには結美菜を選んで欲しいの」

大きな瞳でじっと隣に座った優真を見つめながら、香苗は言った。

「そうですよね、香苗さんがまさか俺みたいな奴を……」

それも当然だと優真は思うが、少し悲しい気持ちもあり目を伏せた。

「ち、違うの、私の気持ちは本気よ。優真くんのほうこそ、こんなおばさんにそんなこと言われてきっと迷惑だと思うけど」

香苗のほうも伏し目がちになって、頬を赤く染めている。

「と、とんでもない。嬉しくて涙が出そうです」

恥じらいながらの香苗の告白に、優真は一気に胸が高鳴った。憧れの香苗が自分のことを愛している、そう思っただけで天にも昇る気持ちだ。

「僕も大好きです、香苗さん」

優真も身体を隣の香苗に向け、彼女の手を取った。艶やかで温かい手だ。

「嬉しいわ優真くん、でもね……私は結美菜の悲しむ姿を見たくはないの。だから明日は結美菜のことを選んでちょうだい」

大きな瞳を潤ませて香苗は静かに言った。やはり母として娘の辛い顔を見たくないのだ。

繋いだその手も少し震えていた。

「でも、そのかわり……今日は、今日一日だけは、私をあなたの女にして」

そう言って香苗は優真の手をギュッと握ってきた。少し汗ばんでいる手のひらの肌が、彼女の感情の昂ぶりを表しているように思えた。

「はい……」

結美菜を選びますとは、優真は答えられなかった。正直、どうすればいいのかわからない。

ただいまだけは、一緒に過ごす今日だけは香苗のことだけを考えよう。そう心に決めて、優真は彼女の手を引き寄せ唇を近づけていく。

「あ……ん……」

腰を浮かせた香苗のぽってりとした唇に、自分の唇を重ねる。憧れの人の感触は柔らかくて甘い。

「んんん、んく……んんんんん」

そのまま舌を入れても香苗はしっかりと受けとめてくれている。優真はもう夢中で彼女の濡れた舌を貪る。

午前の光が差し込むリビングに、唾液を掻き回す粘着音と二人の荒い息づかいが響き渡った。

「あん……もうっ、優真くん、すごくエッチなキス」

ずいぶんと長い時間キスをしてようやく唇が離れると、香苗は恥ずかしげに顔を伏せた。

恥じらいの心が強いのは母子揃って同じのようだ。

「香苗さんも、エッチでした」

ついそんなことを優真は口にしてしまう。香苗の舌の絡ませかたはやけにねっとりとしていて、そこはやはり大人の女性だと感じさせた。

「変なこと言わないで。ご、ご飯食べましょ」

さらに恥ずかしくなったのか、香苗は白い首筋まで真っ赤にしてテーブルのほうに身体を向けた。

「はい……」

熟女らしい一面を見せながら、子供のような恥じらい顔も見せる香苗がなんとも可愛らしい。

優真も微笑みながらテーブルに身体を向けて、用意してくれた朝食を食べ始めた。

「ねえ、優真くん」

横並びに座っているので、互いの目線は合っていない。香苗は変わらず耳まで真っ赤にして正面を見ている。

紅茶の入ったカップを持ちながら話しかけてくる香苗は素っ気ない風だが、やけに声色に色香があった。

「して欲しいことがあったらなんでも言ってね……出来る限りはするから」

あくまで優真のほうは見ないまま、香苗は声を振り絞るようにして言った。

大胆なことを言っておきながら、恥ずかしくてたまらないのか、厚めの唇が少し震えている。

「はい……じゃあ、素直にお願いします」

もともと自ら男に迫るような性格ではないはずだ。なんでもするなどという言葉を口にするのにも、かなりの勇気がいっただろう。

そんな年上美女をさらに愛おしく思い抱きしめたくなるが、いまは我慢して、優真は静かに食事を続けた。


朝食が終わり、二人で一緒に食器を片付けた。キッチンに立つ香苗はまだ恥ずかしいのか、優真のほうにあまり顔を向けない。

(香苗さんがどんなことでも……)

シンクでお皿を流している香苗の、カットソーとロングスカートの身体を優真は真横からじっと見つめていた。

胸元は大きく前に突き出し、緩めのスカートでもお尻は盛りあがりがはっきりとしている。

こんなすごいボディの美熟女が、優真の求めをなんでも叶えてくれると言う。想像するだけでムラムラとしてきた。

「優真くん、そのお皿はこっちに……あっ」

優真が拭いているお皿を上の棚にと、こちらを向いた香苗だったが、すぐに驚いた様子で顔を背けた。

自分を見つめる優真の視線に、男の欲望がこもっているのを感じ取ったのだ。

「香苗さん、さっき言ったなんでもしてくれるっていうのは本気ですか」

かなり恥じらっている香苗に、優真はあえて聞いた。彼女の口からもう一度言質《げんち》を取りたかった。

そのくらい優真にとっては、夢のような話なのだ。

「う、うん、するわ、優真くんが喜んでくれるなら」

指先でシンクの上辺りを軽く掻きながら、香苗はボソボソと言った。

「じゃあまずは、ひとつ目のお願いです」

一歩前に出て優真は香苗の腰を軽く抱いた。香苗のほうが優真よりも小さいので、その赤らんだ顔を見下ろす形になった。

「あん、なに？」

優真の腕が身体に触れた瞬間に、香苗は甲高い声をあげる。彼女の心のほうも優真と同じように昂ぶっているのだろうか。

「香苗さんも自分を全部さらけ出してください。母親の顔を捨てて、女になった香苗さんが見たいんです」

それが自分の望みだと、優真は香苗の大きな瞳をじっと見つめて言った。

今日だけの恋人ならば、彼女のすべてが知りたい。ただの牡と牝になってセックスに溺れてみたかった。

「ああ……そんな……あ、んんんんん」

なにかを言おうとした香苗の唇を、優真は強引に塞《ふさ》いだ。

そしてさっきよりも激しく舌を吸い、彼女の口腔内を舐め回した。

「んんん……ん……」

腕の中にある香苗の身体から一気に力が抜けていく。優真はさらに強くその身体を抱きしめて舌を動かし続けた。

「んん……だめですか？」

たっぷりと彼女の唾液と舌を貪ってから口を離し、優真は言った。

「ううん、いいわ。なんでもって言ったのは私だし……」

大きな瞳を一段と潤ませた香苗は、優真の顔を見あげながら小さく頷いた。

とことんまで香苗のほんとうの姿を剝きだしにさせる。そう決めて優真は目の前の巨乳の突き出しが浮かんだカットソーを脱がせていった。

「あ、優真くん、キッチンで脱がすなんて」

いつも家族の食事を作るこの場所で裸はと、香苗はためらった表情を見せるが、優真はそのままカットソーを彼女の首から抜き取る。

さらにはロングスカートのホックも外して、足元に落とした。

「今日はもう服を着させません。ずっと裸でいてください」

「そんなっ、ずっとって……ああ……」

白のブラジャーとパンティだけの姿になった香苗は、優真の要求に驚き、切なそうに両脚を内股気味にしている。

ブラのカップからはみ出したIカップだという白い柔乳。レースがあしらわれたパンティが食い込んでいる腰回り、全身から匂い立つ色香に優真は息を荒くしていた。

「僕の言うことをなんでも聞くんじゃなかったんですか？」

「ああ……それはそうだけど」

「じゃあ、今日はずっと裸です、いいですね」

少し命令口調で言いながら、優真は香苗の背中に腕を回し、ブラジャーのホックを外す。そして白のブラカップを引き下ろしていった。

「ああ、もう好きにして……優真くんの好きに」

どこか優真に魅入られているような表情を見せた香苗は、いっさい逆らわずにブラジャーを腕から抜かれていく。

覚悟を決めた美熟女の肉感的な身体が一気にピンクに上気するのと同時に、巨大な二つの肉房が飛び出してきた。

「すごい……」

全体的にムチムチとした白い身体。その胸の前で佇《たたず》むIカップのバストに、優真は息を飲んだ。

片方が香苗の頭よりも大きいかと思うほどの乳房は、色白の肌に青い静脈が浮かんだ下乳の重量感が凄い。

さすがに娘の結美菜と比べたら張りは劣るかもしれないが、それでもしっかりと重力に逆らうように丸みを保っていた。

(乳首もエロい)

そして乳頭部に目をやると、色素の薄さは清純な感じだが、乳輪部は広めでぷっくりと盛りあがり、乳首も少し大粒でなんとも淫靡だ。

その迫力と淫靡さに優真はただ圧倒されていた。

「ああ……優真くん、やだ、どうして黙り込んでるの」

両腕を巨乳の下辺りで交差させながら、香苗は切なそうに腰をくねらせている。

パンティが食い込んだ腰が悩ましげに揺れるのがまたいやらしい。

「そうですね、触らないと失礼ですよね」

二つの巨大な乳房に魅入られていた状態だった優真は、香苗の言葉に頷き、両手を伸ばしていく。

抜けるように色が白い柔乳に、十本の指をすべて食い込ませていった。

「あ、そういう意味じゃや、あ、ああ」

フワフワと心地のいい感触の柔肉をゆっくりと揉みしだくと、香苗は悩ましげな声をあげて腰をくねらせる。

きっとじっと見られているのが辛いと言ったつもりだったのだろう。ただ優真はそれを勝手に解釈したふりをして、巨乳をほぐすように揉み続ける。

「あ、やああっ、ああ、こんな明るいところで、ああ、揉まれたりしたことないのに、あ、やあん」

Iカップのバストがいびつに形を変える中、香苗はさらなる恥じらいを見せる。

キッチンには窓があり、曇りガラスで外からは見えないが、午前のいまはたっぷりと陽光が差し込んでいる。

夜、灯りを消してからの行為しか、香苗には経験がないのかもしれなかった。

「夕方まで時間がありますからね、今日はずっと明るい中で香苗さんの全部をしっかり見ますよ」

そう宣言しながら、優真は粒が大きめの乳頭に爪先を引っかけた。

「そんなの恥ずかしいわ、あっ、そこは、ああああん、だめええ」

片方の乳首を軽く弾かれただけで、香苗は大きな瞳を切なげにして厚めの唇を割り開く。

肉感的な下半身も小刻みに震えていて、かなりの反応の良さがうかがえた。

「すごく尖ってきてますよ、香苗さん」

両方の乳首をグリグリとこねながら、優真は香苗の顔を見つめる。興奮し過ぎているのか、乳首を摘まんだ指に少し力が入っていた。

「ひ、ひいん、あああ、優真くんが、あああん、乳首ばかり、ああっ、するからあ」

もしかすると痛みを感じているのではと思ったが、香苗はどんどんその大きな瞳を蕩けさせながら、パンティだけの下半身をくねらせている。

乳首をこねるたびに、ねっとりと肉が乗った下腹部もヒクヒクとうごめいていた。

「そうですね、乳首ばかりじゃだめですよね、こっちもしないと」

熟女らしい責めへの許容性を見せる香苗を、もっと喘がせ牝にしたい。

男の本能を燃えさからせた優真は、声をうわずらせて言いながら、彼女の足元に膝をつき、白いパンティに手をかけた。

「あっ、だめ、そこは」

「今日はずっと裸だって約束です」

ついにすべてが晒されると気づいて、身体をさらによじらせる香苗だったが、優真の言葉にその動きを止めた。

むっちりとした腰をパンティが滑っていき、漆黒の陰毛がその下から現れた。

(濃い。結美菜ちゃんは遺伝だったんだな)

香苗の股間の草むらは娘以上に密度が濃く、さらに面積も広い。一本一本の毛も太く、白くてきめ細かな肌と見事なコントラストを描いている。

膝立ちの優真は鼻先を草むらに近づけ、その奥にある牝の部分からの香りに鼻を鳴らした。

「あ、優真くん、なにしてるの、匂いなんか、嗅《か》いじゃだめ」

濃い黒毛でよくは見えない香苗の女の裂け目から、むんとするような熟した匂いが漂ってくる。

香苗は恥じらって腰を引こうとするが、優真は手を伸ばして彼女の腰を引き寄せる。とっさに摑んだ熟れたヒップも、乳房に負けないくらいに柔らかくて豊満だ。

「香苗さんのここからは、いい匂いしかしないですよ。味はどうかな」

こんどは鼻のかわりに優真は唇を近づけていく。太い毛を舌で掻き分けながら、クリトリスをまさぐりだす。

そしてそのまま、舌先で転がすように突起を舐め始めた。

「は、はあん、それ、ああ、だめっ、あ、あ、あああん」

ここでも香苗は見事な反応を見せる。一気に声色が甲高くなり、ムチムチの下半身はずっと震えている。

上を見あげるとIカップの巨乳の谷間から、こちらを戸惑った顔で見ている彼女の頬が、ピンクに染まって引き攣っているのが見えた。

「香苗さんの全部を知りたいんです。匂いも味も、全部です」

抱き寄せていた香苗のヒップから手を離した優真は、こちらもたっぷりと肉の乗った白い太腿を左右に割り開く。

さらに指で淫唇を開きながら、顔を深く埋めていった。

「あああん、ああっ、やだあ、ああん、意地悪、あ、あああん」

激しい羞恥に襲われているのか、香苗の声が震えている。ただ逃げようとするような動きはなく、自分の股間にある優真の頭に手を置いて、ひたすらによがり泣く。淫唇も小ぶりで形も整っている。それを左右に引くと膣口が開き、中から肉厚の媚肉が姿を見せた。

「すごくエッチです、んん、んんんん」

ピンク色の肉が上下左右から押し寄せる膣道は、すでに愛液が糸を引いていた。

優真はそこにも舌を差し込み、粘液を舐めとるように舌を動かした。

「ひ、ひぃん、中を舐めるなんて、ああ、あああん、ああ」

驚きながら香苗は激しく腰を震わせる。その振動がIカップの柔乳にも伝わり、ブルブルと波を打っていた。

「んんん、中を舐められるのは初めてですか、んんんん」

こんどは舌を丸めるようにして香苗の膣内に差し込み、頭を振ってピストンをしていく。

香苗の愛液はねっとりとしていて、牝の香りと甘い味がした。

「こんなの、あああん、されたことない、ああ、優真くんが初めてよう、あああん」

ひたすらに喘ぎ泣く香苗の媚肉を、優真はこれでもかと舐め回す。丸めた舌を膣壁に擦りつけながら自分の頭を大きく動かした。

香苗の肉体はさらに昂ぶり続けているのか、中からどんどん愛液が分泌されている。

それが溢れ出て優真の唇や頬の周りにまとわりつくが、かまわずに舌を動かした。

「あっ、ああっ、はああん、だめ、もうだめ……っ」

ついに快感に耐えきれなくなったのか、香苗の膝がガクンと折れた。

へなへなとキッチンの床にへたり込み、大きな瞳を蕩けさせたまま、香苗はハアハアと荒い息を漏らしている。

（ほんとうに別人だ）

二重の瞳は妖しく潤んだまま虚ろに遠くを見つめ、厚めの唇も半開きだ。

迫力のある二つの肉房は、香苗が息をするだけでフルフルと揺れ、先端にある乳頭部が固く尖りきっている。

赤く上気した全身から熟した色香をまき散らすグラマラスな肉体に、優真はただ見とれていた。

「ねえ、優真くん、なんで私だけ裸なの……」

清楚な母の顔を完全に脱ぎ捨てた香苗は、頬に後《おく》れ毛がはりついた顔を向けた。

その声色もまた普段とは違い、男の耳を刺激する淫らな響きだ。

「そうですね、じゃあ僕も」

頷いた優真は、へたり込んだ彼女の前で勢いよく立ちあがって服を脱いでいく。あっという間にトランクスまで脱ぎ捨てると、すでにギンギンになっている肉棒が勢いよく飛び出してきた。

「ああ、こんなの」

一昨日は勃起したこの姿を見た瞬間に逃げ出した香苗だったが、今日はじっと見つめている。

「どうですか、僕のは。触ってください」

立ったまま優真は床に座る香苗の手を取って、自分の怒張を握らせた。

香苗は小さく、あ、という声を出したあと、目の前でそそり立つ巨根に指を絡めていった。

「ああ、大きいだけじゃなくて、ああ……固い……こんなにすごいのね」

握ったその手をゆっくりと動かし、香苗は息まで弾ませている。その表情はもう完全に肉棒に魅入られているように見えた。

「どうしたいですか、僕のチ×チンを」

そんな香苗をじっと見下ろして優真は言った。香苗はうっとりとした顔を優真に向ける。

「ああ、お口で優真くんを感じたいわ、だめ？」

なんと香苗は自らフェラチオを望んできた。憧れの人が、自分の肉棒を口に欲しいと言い、さらには床についたお尻をよじらせている。

蕩けた瞳で湿った息を漏らす香苗の姿に、優真はもう肉棒がはち切れそうだ。

「香苗さんの好きに舐めてください」

興奮気味に優真が言うと、香苗は小さく頷いてその厚めの唇を開いた。

白い歯の間からピンクの舌を出し、亀頭にゆっくりと這わせていく。

「うう、香苗さん、くう」

その舐めかたは静かだが、やけにねっとりとしていて、亀頭の裏やエラを絡め取ってきた。

慈《いつく》しむような香苗の舌の動きに、優真は怒張を脈打たせ、さっそく腰を震わせた。

「んんん、んんく、んんんんん」

香苗のほうは一心不乱な様子で、肉棒を味わうように舐め回す。亀頭だけでなく竿にも、なぞるようにして舌を這わせていく。

「香苗さん、うう、エッチな舐めかた、うう。すごいです」

あの香苗が肉棒をうっとりとした顔で舐めている。そしてそれは自分のモノなのだ。

優真はもうたまらず、声をあげながら腰を震わせていた。

「んんん、ああ、優真くん、すごく逞《たくま》しいわ」

全裸の身体を浮かせて膝立ちになった香苗は、優真のお尻を抱くようにして自分の頭を前に出す。

唇を亀頭の先にあてがったあと、そこからゆっくりと口内に飲み込んでいった。

「くうう、香苗さん、うう、温かい、ううう」

憧れの香苗の口内は熱い唾液にまみれていた。濡れた粘膜が亀頭を包み込んだまま、しごきあげの動きが始まる。

「んん、んく、んんんんん」

黒髪が少し乱れた頭を前後に動かし、香苗は頬をすぼめながら怒張をさらに深くにまで飲み込んでいく。

唾液の音を響かせながら、香苗は激しくしゃぶり続ける。

(香苗さん、なんてエロい顔……)

フェラチオの動きに合わせて、厚めの唇が竿に吸いついたまま伸び縮みする。

美しい顔をいびつに歪ませてしゃぶる姿はまさに淫女で、女の本性を剥きだしにして肉棒に溺れる彼女の姿は、優真の欲望をさらにかきたてた。

「うう、香苗さん、くうう、あああ」

よく見たらあごの下にまで唾液が滴《したた》り、巨乳も汗に濡れて彼女のしゃぶりあげのリズムに合わせてユサユサと弾んでいる。

そして怒張のほうも一気に痺れていき、根元が脈打ち始めた。

「待って香苗さん、うう、だめです」

このまま身を任せて射精したい。ただそれではあまりにもったいない。

香苗の熟れた女肉を自分のモノで感じたい。快感に流されそうになるのを懸命に堪えながら、優真は彼女の頭を押さえた。

「あ、ああ……優真くん、どうして……」

厚めの唇から亀頭を抜き去ると、香苗は濡れた瞳で優真を見あげながら、悲しげな顔を見せた。

「もちろん、香苗さんとひとつになりたいからですよ」

優真はそう言うと同時に香苗の身体をキッチンの床に押し倒す。ほんとうならリビングのソファーにでも連れて行くべきなのかもしれないが、もうその時間すら惜しい。

仰向けになった白く熟した肉体の上に覆いかぶさり、ねっとりとした脂肪が乗った両脚の間に腰を入れた。

「あ……優真くん、あ、ああうっ」

されるがままの香苗の膣口に固く勃起した怒張が侵入を開始する。入ると同時に濡れた膣肉が亀頭に絡みついてきた。

「香苗さんのアソコ、うう、すごく熱いです」

夢見心地のまま優真は一気に腰を突き出す。ゆっくりと挿入するとかそんな余裕など微塵《みじん》もない。

吸いつくような感触の膣肉を掻き分けるように、怒張が一気に奥に進んだ。

「あっ、優真くん、あ、あああん、すごい、あ、あああん」

大きく唇を割った香苗は床に仰向けの身体をのけぞらせ、激しい喘ぎ声をキッチンに響かせた。

もう場所がどうとかというためらいもなく、ただ優真の挿入に身を任せている。

「いきますよ、香苗さんの奥の奥まで」

優真の巨根も苦しむ様子なく香苗は受けとめてくれている。熟女の包容力に溺れながら、優真は膣奥からさらに奥まで亀頭を押し込んだ。

「ひあっ、あああ、深い、あああん、こんなに奥まで、あ、あああっ」

さすがに最後は驚いた様子を見せながら、香苗はさらに口を割って背中を弓なりにした。

怒張はもう根元まで入りきり、香苗の子宮口を押しあげている感触が先端にある。

奥の媚肉は吸いついてくるような感触で、入れているだけなのにたまらないくらい心地よかった。

「香苗さん、苦しくないですか」

仰向けでもあまり脇に流れていない巨乳を上下させて、香苗は呼吸を荒くしている。

さすがに心配になって、優真は汗に濡れた彼女の顔を見つめて言った。

「う、うん、大丈夫よ、ああ、でも私……」

少し戸惑った様子を見せながら香苗は、怒張を受け入れている自分の股間のほうに目をやった。

「入れてるだけなのに、もうすごく気持ちいいの、私……今日の私、変だわ」

そこからゆっくりと優真の顔に目をやった香苗は、なんと微笑みを見せた。

苦しいのをごまかす風に笑っているのではない。その大きな瞳は輝き、口角《こうかく》のあがった口元も淫靡だ。

淫女の微笑みとでも言おうか。優真は背中がゾクゾクと震えた。

「香苗さん、いきますよ、おおお」

「あああ、来て、優真くん、ああ、香苗を無茶苦茶にしていいから、あああ」

頭の中でなにかが弾けるような感覚と共に、優真は激しく腰を使いだした。

破裂寸前の怒張が濡れた膣奥を激しくピストンする。

「ああ、はあああん、すごいわ、あああん、優真くん、ああ、あああ」

胸板の上で巨乳を弾ませながら、香苗もどんどん快感に没頭していっている。

乳輪部がぷっくりと膨らんだ乳首も固く勃起して踊っている。波打つ白い肌がキッチンの窓からの陽光に輝いていた。

「ああ、いい、あああああん、頭がおかしくなりそうよ、ああん、優真くん、ああ」

さらに表情を崩して香苗はただひたすらによがり泣く。すべてをかなぐり捨てたその姿は、まさに牝だ。

「香苗さん、僕もおかしくなりそうです、ううう、一緒に狂いましょう」

清楚な姿は仮面だったのかと感じるほど、凄まじい乱れっぷりを見せる香苗の膣奥に、優真は肉棒を打ち込み続ける。

蕩けきった女肉に亀頭を擦りつけながら、ただひたすらに腰を振りたてた。

「あああ、いい、たまらない、ああ、私、ああ、もうイッちゃう、ああ」

床に寝た身体を大きくよじらせながら香苗が限界を叫んだ。

「僕も、ううう、あああ、もうもちません」

フェラチオからずっと痺れきっている怒張もまた、一気に頂点へと向かおうとしていた。

肉棒の根元が脈打って腰が痺れ、香苗の両脚を持ちあげた腕も少し震えていた。

「あああ、来てえ、あああん、優真くんの精子、あああん、香苗にちょうだい」

自分の脚を持つ優真の手に自分の手を重ね、香苗はさらに大きくのけぞった。

巨乳を大きくバウンドさせ、ほどよく肉の乗ったお腹を引き攣らせる。

「はいいい、おおおお」

香苗もおそらくは桜から避妊薬を受け取っているだろう。だがもうそれもどうでもいい、ずっと憧れていた人の中で果てたい、優真にあるのはその思いだけだ。

「あああ、すごい、あああああん、たまらない、ああ、イク、イク」

最後に目を開いて覆いかぶさる優真を見つめながら、香苗は息を詰まらせた。

そしてムチムチとした白い脚で優真の腰を強く締めつけてきた。

「あああああ、イクうううううっ！」

最後の絶叫とともに香苗は全身を引き攣らせて頂点を極めた。

床に寝た身体がガクガクと震えながら、なんども大きくくねっている。

「ううう、僕も出ます、うう、イクっ！」

完全に溶け落ちている香苗の媚肉もまた、絶頂と同時に強く絡みついてきた。

その動きに誘われるように優真も怒張を爆発させ、熱い精を放つ。

「あああん、すごい、あああ、奥に来てるわ、あああ、優真くんの精子、あああん」

射精が始まると同時に、香苗の顔がまた一段と蕩けたように見えた。

激しく歓喜している彼女は断続的に腹部を震わせながら、ピンクの舌がのぞくほど唇を開いてエクスタシーに酔いしれている。

「あああ、香苗さん、うう、また出ます、ううう、うう！」

発作がなかなか収まらないのは優真も同じで、本能のままに香苗の奥に向かって何度となく熱い精を放ち続けた。

「ああ、もっとちょうだい、ああん、いい、出されるのも気持ちいい……っ」

瞳を泳がせる香苗は、射精のたびに酔いしれた顔を見せ続けている。

精が膣に染み入るのも快感なのか、仰向けの肉感的なボディがなんども痙攣を起こしていた。

「うう、くううう、もう全部出ました……。香苗さん、あああ」

すべてを香苗の中に出し尽くし、優真は力が抜けてしまい、彼女に覆いかぶさった。

「ああ、優真くん」

香苗はそんな年下の男を下から優しく抱きしめてくれた。

「僕、すごく興奮しました。香苗さんがあんなに乱れるところを見られると思っていませんでしたから」

息を弾ませながら、優真は汗に濡れた香苗の頬の横で囁いた。

「そ、そんな、自分を全部さらけ出せって言ったの優真くんじゃない。だから私」

香苗は急に恥じらいだし、涙目で優真を見つめてきた。

行為を始める前に優真が言った言葉を、香苗は真面目に守っていたのだ。

「そうですね、ごめんなさい。でもしている最中に気持ちいいって言ってくれたの、嘘じゃないですよね」

香苗の頬にキスをしながら優真は微笑む。やっぱり恥じらう香苗は可愛らしい。

「ああ……ほんとよ。よかったわ……もう、やだあ」

そこで羞恥心が限界に達したのか、香苗は両手で顔を覆い隠してしまった。

彼女が身体をよじらせたので、萎《な》えてきた肉棒が膣口からこぼれ落ちる。いまだ口を開いたままのそこから、大量の白い粘液が溢れ出していた。

しばらく二人、裸のままリビングで寛《くつろ》いだあと、香苗が昼食を用意してくれた。

「ほんとうにご飯まで裸で食べるの？」

今日一日はずっと裸の約束通り、香苗には料理も全裸でしてもらった。

恥ずかしそうに頬を染め、巨尻や巨乳、そしてみっしりと黒毛が生い茂った股間も晒して調理する姿を、優真はキッチンの端で見つめた。

彼女が動くたびに豊満な尻たぶがよじれ、Iカップの肉房が弾む。その様子はたまらないくらいに淫らだった。

そして食べる段になってもまだ裸なのかと、香苗は恥じらって腰をよじらせている。

「はい、そうです。どうせだから、もっとくっついて食べましょうよ」

食事の場所はいつもの食卓ではなく、リビングのソファーだ。目の前の低いテーブルに皿を並べ、ソファーで全裸のまま肩を寄せるようにして食べている。

「はい、香苗さん」

優真のリクエストで、パンに卵やハムを挟んだものにしてもらった。その理由は手づかみで食べられるからだ。

パンをひとつ手に持った優真は、隣の香苗の口元にパンを持っていく。

「もう、自分で食べられるわ、ん」

香苗の厚めの唇になにかが入っていくだけでもエロい。優真は少し興奮してきて、つい目の前の肉感的な白い身体に手を伸ばしてしまう。

「あっ、いや、だめ、あん、お行儀悪いわ、あ、ああ」

彼女の胸の前で息をするだけで揺れている巨大なＩカップを、手のひらで揉み、先端部を軽く摘まんでみる。

パンを噛んでいた唇を開いて、香苗は甲高い声をあげた。

「僕にも食べさせてください」

「ああ……うん」

優真の求めに応じて、こんどは香苗がパンを手にして口元に持ってきてくれた。

それをかじりながら、優真はムチムチとした巨尻を撫でさするのだ。

「はあん、いや、優真くん、触りかたエッチ」

熟れきった尻たぶを手のひらでこねるような動きをすると、香苗は少し甲高い声をあげて腰をよじらせた。

その動きのせいで、手にもっているパンが大きく傾き、ケチャップが揺れるＩカップの上に垂《た》れてしまった。

「あ、もったいない」

赤い液体が落ちたのはちょうど香苗の乳首のところだった。いまだ尖っているそこに優真は吸いつく。

「あ、だめ、優真くん、ああ、そんなに、ああ、舐めなくても取れてるよう」

ケチャップを舐め取ったあとも、優真は舌を高速で動かして乳頭を転がす。

香苗は一気に声を大きくして、ソファーの上で淫らな身悶えを繰り返していた。

「ふう、やっと取れました。こんどは香苗さんが食べてください、あっ、やばい」

香苗に食べさせようと、優真はテーブルにあったパンを手にした。

そのパンが傾いてケチャップが、優真の股間でずっと勃ったままの肉棒に垂れていった。もちろんだが、わざとだ。

「綺麗にしてもらえますか？　香苗さん」

ケチャップにまみれたまま天井を向いた亀頭を指差して、優真はニヤリと笑った。

「もうっ」

香苗は少し呆れたように唇を尖らせる。ただ、すぐにソファーに座っている裸の身体を屈めて、亀頭に舌を這わせてきた。

舌先でねっとりとケチャップを拭い取ったあと、そのまま肉棒を飲み込んだ。

「うう、くうう、香苗さん」

熟女の甘く吸いつくようなフェラチオに優真はすぐに声をあげた。

肉棒がずっと昂ぶっていたせいもあるかもしれないが、竿の根元がもうビクビクと脈打っていた。

「んんん、んく、んんんん」

香苗はどこかうっとりとした顔をしたまま、肉棒に奉仕している。

少しとろんとした二重の瞳がなんとも妖しげで、普段の彼女とのギャップが大きくて男心をかきたてた。

「うう、香苗さん、ケチャップもうないですよ、くう」

肉棒に魅入られているような彼女に優真は少し意地悪を言ってみた。

「んんん……ああ……だって優真くんの、ああ、すごく固くて大きいんだもの」

恥ずかしがって顔を染めるかと思っていたが、香苗は意外にも甘い息を吐きながらそんなことを口にした。

顔に淫女の微笑みが浮かび、厚めの唇からピンクの舌を出して、亀頭をずっと舐め回している。

「香苗さん、じゃあその固いのをアソコで味わってください」

さらに香苗はソファーの上にある大きなヒップをよじらせている。彼女もまた欲しくてたまらないのだと、優真はほどよく肉の乗った白い腕を摑んだ。

そして彼女をいったん立ちあがらせて、自分の前で背中を向けさせた。

「そのままお尻をチ×チンの上に降ろしてください」

優真自身はソファーに座ったまま、香苗の腰を摑んで少し引き寄せた。

このまま彼女がお尻を沈めた先には、亀頭のエラを張り出させてそそり立つ肉棒があった。

「う、うん……あ……」

ちらりとソファーに座る優真のほうを見たあと、香苗は自らその白い巨尻を降ろしてきた。

彼女の股間に亀頭が触れると同時に、大量の熱を持った愛液が絡みついてくる。

「あ、はあああん、ああああ、大きいわっ、ああん、すごい」

長山邸の広いリビングに、香苗は淫らな喘ぎを響かせる。窓からは昼の陽光が差し込んできているが、もう明るい場所であるのも気にならない様子だ。

ほどよく引き締まった腰を揺らしながら、香苗は自ら膝を折り、優真の股間の上に身体を落とした。

「あっ、あああああん、奥、あああ、これ、あ、だめ」

染みひとつない巨尻が降りきるのと同時に、優真は下から腰を使いだした。

背面座位の体勢で深く貫《つらぬ》かれた香苗の身体が、大きく上下に揺れた。

「あっ、ああああん、だめえ、あああん、ああ、あああ」

表情はこちらからは見えないが、声を聞いているだけで香苗が一気に昂ぶっているのがわかる。

背後からIカップも揉みながら、優真はどんどん突きあげのピッチをあげていった。

「うう、香苗さん、すごく気持ちいいです。うう、ずっと香苗さんとひとつになっていたい……！」

愛液に蕩けきった膣肉に溺れながら、優真はそんなことを口走った。

彼女を苦しめるというのはわかっているが、それでも言わずにはいられなかった。

「ああっ、はあああん、それは、ああ、でも、あ、あああっ」

ピストンは続いているので、香苗は喘ぎながらなにかを言おうとして言葉を飲み込んだ。

彼女は妖しく潤んだ瞳を背後の優真に向けたあと、自分の左脚を大きく持ちあげた。

「あああん、私は優真くんの女よ、あああん、もっと、もっと突いて、あっ、はあん」

どこかねっとりとした口調で言いながら、香苗は肉棒を飲み込んだまま自分の身体を回転させた。

怒張が膣内を掻き回す形になり、香苗の一段と大きな声が響く中、体位が互いに向かい合う対面座位に変わった。

「う、うん、いくよ、おおお」

彼女の言葉の意味を問いかける気持ちにはなれなかった。ただ優真は香苗を好きだという思いを込めて怒張を激しく突きあげた。

「あああ、あああん、あああ、優真、あああん、好き、あああ、愛してる、ああ」

こちらに向けた顔を淫靡に歪ませ、香苗はひたすらに喘いでいる。巨大なIカップを踊らせながら、なんども背中をのけぞらせていた。

そして彼女の感情の昂ぶりを示すように、怒張を飲み込んだ媚肉が強く締めつけてきていた。

「俺も愛してる、香苗、おおお」

優真も香苗の名を叫びながら、ソファーの反動も利用して力の限りに怒張をピストンした。

「あああん、ああ、優真あ、あああん、香苗、イッちゃう、ああ」

優真の膝の上でグラマラスな肉体をくねらせて、香苗は限界を叫んだ。

あまりに動きが激し過ぎて巨乳が円を描くように踊り、黒髪も振り乱れていた。

「おお、イッてください、俺も出します、おおお」

ドロドロに蕩けた媚肉を絡みつかせてくる香苗の膣奥に、怒張をこれでもかと打ち込み優真も叫んだ。

「あああああ、イク、イクううううううっ！」

なにもかもかなぐり捨てて、香苗は瞳を泳がせながら全身を震わせた。

ムチムチの太腿で優真の膝をギュッと挟みながら、絶頂の快感に酔いしれている。

「ううう、俺も、うう、イク」

最後は香苗の身体を抱き寄せ、目の前にきたIカップの先端に吸いつきながら優真ものぼりつめた。

肉棒が強く収縮したあと、自分でも驚くような勢いで精子を発射していく。

「あああん、すごい、あああん、あああ、香苗、あああん、妊娠しちゃう」

「ううう、してください、うう、俺の子を孕《はら》んでくれ、ううっ……」

ただの牡と牝になった二人は、互いに叫びあいながら延々と快感に溺れていった。

第七章　絶頂に啼く母娘

月曜の朝、桜と結美菜がホテルから戻ってきた。いよいよ結論を出さねばならないときが来た。

「なんだか、エロい匂いがするわね。男と女がやりまくった匂いが」

リビングに入るなり、桜がそんなことを口にし、香苗と結美菜が真っ赤になって顔を伏せた。

桜は山勘で言ったのかもしれないが、母子の態度が真実だと告白していた。

「元気だねえ、まあいいや。それでどうするんだよ、優真」

黒革のパンツにTシャツ姿の香苗はどっかりとソファーに腰を下ろして、近くに立つ優真を見た。その瞳の鋭さにはやはり一般人にはない、オーラと迫力がある。

香苗と結美菜はその桜の少しうしろに身体を寄せ合うようにして立ち、お互いの手を握り合っている。

「俺は……」

そんな三人の女と優真は向かい合う形で顔をあげた。もう心は決まっている。

「情けないけど、俺は香苗さんと結美菜ちゃんのどちらかを選ぶなんて出来ない。いくら考えても二人ともを本気で好きなんだ」

悩み尽くしたが、優真はどちらかを選ぶのは無理だった。だからもう、自分が身を引いてこの家から去って、仕事が終われば静かに東京に戻る。

それしかないと思っていた。そう言おうとして、優真はあらためて香苗と結美菜の顔を見た。

（なんて顔を……）

二人はいつの間にか抱き合っていて、切ない瞳で優真を見つめている。

離れたくない、どんな形でもいいから一緒にいたい。そう言っているように優真には思えた。

（いいんだね、他人から見たらおかしな関係でも……）

優真もじっと彼女たちのほうを見つめた。香苗も結美菜も瞳を潤ませてはいるが、どこか力強さを感じさせた。

「だから、俺は二人とも全力で幸せにします。二人がよければだけど、よろしくお願いします」

もう腹をくくった優真は、腰を折って女たちに向けて頭を下げた。

「優真さん、私こそ、よろしくお願いします」

「私も……ああ……優真くん」

母子は同時に駆け出し優真に抱きついてきた。二人の背中を優真も強く抱き返す。

香苗も結美菜も、そのよく似た美しい瞳から涙を溢れさせている。

「苦労をかけるかもしれないけど、俺、頑張るから、二人だけをずっと愛するから」

優真がそう言うと、香苗も結美菜も顔を擦りつけながら、はい、と返事をした。

「ちょっと待った。二人だけってどういう意味だ。私とはどうなるんだよ」

抱き合う三人の横で、桜が突然、声を張りあげて立ちあがった。

二人だけをと言った優真の言葉が引っかかったようだ。自分とはもうしないのかと。

「すいません、もう桜さんとはエッチなことは出来ません」

あらたまって優真は腰を折って頭を下げた。さすがに香苗と結美菜もそこまでは許さないだろうし、優真自身もそんなまねをするつもりはなかった。

「ふざけんな、私にだって優真とするくらいの権利はあるだろ。身体だけの関係なんだからいいだろ、もう何回もしてるんだし、一緒でしょ」

声を荒げてまくしたてた桜は、優真の股間の辺りを指差した。

「なっ、なに言ってんだよ、無茶苦茶だ。気にしないで、香苗さん、結美菜ちゃん」

桜と優真に肉体関係があるのは二人も知っているが、この場で何回もなどと言われて彼女たちが気持ちいいはずがない。

優真は必死で言い訳をして、自分の腕の中にいる二人を見た。もう浮気が発覚したようなそんな気持ちだ。

「うーん、まあ……たしかに桜ちゃんの言うことにも一理あるかも。この子がいなかったら、私たち優真くんに素直になれなかったかもしれないし」

意外にも香苗は頬を少し赤くしながら、桜の主張を受け入れるような発言をした。

結美菜を見ると少し微妙な顔はしているが、母の言葉に頷いている。

「ええっ」

この関係に桜が入ることを拒否する様子もない母子に、優真は呆然となった。

「そうだろ、私ともちゃんとしてもらうからな優真。大丈夫だ、愛情とかじゃないし、欲しいのはお前のチン……んっ」

堂々と目的は優真の逸物だけだと、日本中の人が知る歌姫が言おうとしたとき、リビングにあるインターホンが突然鳴った。

「こんなに朝早く誰かしら、はい」

香苗がバタバタと駆け出して、インターホンに出て応対している。

「すぐに開けますわ、はい……。桜ちゃん、小畑《おばた》さんよ、なんか怒ってるみたい」

香苗はそのまま玄関を開けに行った。桜はあきらかにまずいという顔になっている。

優真のそばにいる結美菜が、小畑さんは桜のチーフマネージャーをしている女性で、唯一頭があがらない人だと、こっそり囁いてきた。

「桜、あんたなにやってんの。昨日の夜には東京に戻ってる予定だったでしょ、もうスタジオにみんな集合してんだよ」

紺のスーツを着て眼鏡をかけた、いかにもやり手風の小畑は、リビングに入ってくるなり怒鳴りながら桜の首根っこを捕まえている。

「ちょっといま大事な話を」

「こっちのほうが大事です。さあ行くわよ」

有無を言わさない感じで小畑は桜を引っ張っていく。あの唯我独尊のスターシンガーにも逆らえない相手がいるのかと、優真は驚きながら見送った。

そして桜とする話がうやむやになったことに、心からほっとしていた。

「なんか台風みたいな人ですね」

　二人の足音が消え、香苗も戻ってきて三人になったリビングで、優真はつぶやいた。なんというか桜はもういい歳のはずなのにエネルギーが有り余っている感じで、やはり常人とは違う人間に思えた。


「そうね。でもほんとうに優真くんとこうしていられるのは、桜ちゃんのおかげ」

　香苗はあらためて優真に抱きつき、大きな瞳を向けて微笑んだ。

「たしかにそうですね」

　じっとこちらを見あげる香苗の厚めの唇が半開きになっている。そのセクシーな肉厚のリップに優真はつい吸い寄せられてしまった。

「だめ、あん……んんん」

　すぐそばには結美菜がいる。香苗は一瞬ためらって娘のほうを見るが、優真の唇が重なると、力を抜いて身を任せてきた。

「んんん、んんん、んく」

　まだ朝も早いというのに、二人は音がするほど激しく舌を絡ませた。

　香苗も優真の服をギュッと握り、瞳を閉じてキスに没頭している。

「んん……あ……もう……」

かなり長く吸いあってから唇が離れると、香苗はうっとりした顔で息を吐いた。大きな瞳が蕩けていて、頬が上気しているのがたまらなく色っぽい。

「ねえ、優真さん、結美菜にもキスして」

こんどは娘のほうが優真の服を引っ張って求めてきた。普段は知的な彼女が子供のような態度を見せているのがまた可愛らしい。

「うん、んん……」

こんどは結美菜の身体を抱き寄せて優真はキスをする。母親と同じように強く吸って舌も奪っていった。

「あふ……あん……ねえ優真さん、今日は結美菜と一緒に寝ようね」

唇が離れると結美菜が甘えた声を言ってきた。

「あら、じゃあ私は明日ね、優真さん」

ベッドを共にする日を分け合い、母子は優真の身体にあらためてしがみついてきた。

左右から美女に挟まれ、Iカップとエカップのバストが押しつけられる。服越しであってもその柔らかさは素晴らしい。

今夜から二人の巨乳を交互に自由に出来るのだと思うと、優真は興奮に喉が渇いてきた。

「けっ、さっそくセックスの相談かよ」

そのとき背後から急に声がして、三人揃ってビクッとなって背中を伸ばした。

「さ、桜ちゃん、どうしたの？」

「スマホを忘れたから取りにきたんだよ。まったくチ×ポ猿と雌猫が」

声の主は桜だ。どうやら忘れ物を取りにきたようで、すぐに出て行こうとする。

三人だけで盛りあがっているのが気に入らないのか、いつも以上に露骨な言葉を浴びせられて、香苗と結美菜はもちろん、優真も恥ずかしくなって顔を赤くした。

「どうせなら3Pでもしたらいいじゃん」

最後は吐き捨てるように言って、桜はリビングを出て行った。

「ねえ、優真さん、3Pってなに？」

優真の腕にしがみついて照れていた結美菜が急にそんなことを言った。

つい先日まで処女だっただけでなく、性知識もほとんどなかった結美菜は、どうやら桜の言葉の意味がわからなかったようだ。

「え、うん、まあ……三人でエッチなことをするって意味かな……うん」

かなり恥ずかしいが、優真も答えないわけにはいかず、ボソボソと小さな声でそう言った。

「ええっ、そんなこと……やだあ」

ピンクに染まっていた顔をさらに上気させて、結美菜は優真の腕に強くしがみつく。ただその表情は、どこか期待するような笑みを見せている。

「ほんと、桜ちゃん、とんでもないわ……」

そして母の香苗もまたまんざらでもないような表情で、優真の手を強く握ってきた。

（マジか……）

二人ともなんだか興味津々《しんしん》な様子だ。いつの間にか性に対して積極的になってきている母子に、優真はまた興奮してくるのだった。


新工場での機械のテストも終わり、本稼働も順調に進んだ。

優真も東京に戻ることになり、そのころには祖父の家の補修も終わって、祖父自身も退院してきた。

この地を去る前にいろいろお世話になった奈津美にだけは、母子二人を愛していくと告白した。

「私は応援してるわよ。人の目なんて気にしなくていいわ。三人が幸せなのがいちばんでしょ」

他人から見たら異常だと思われるかもしれませんが、と言った優真を奈津美は明るく励ましてくれた。

ただ最後に、私もたまには東京に遊びに行こうかしら、と淫靡な笑みを浮かべていたのが少し怖かった。


「あふ……んんん……ああ……今日もすごく固いわ」

優真と母子は休日のたびに、車で一時間半の距離を行き来する生活を送っている。

長山邸で会うときはいいのだが、優真は東京では実家住まいなので、こちらで一緒に過ごすのはもっぱら桜が暮らすマンションだ。

都心の一等地にあるマンションの最上階。部屋は五つ以上もあり、四人が集まっても広すぎるくらいだ。

「んんん……んく……あん……んん」

そこの一室に置かれたダブルサイズのベッドの上で、優真は脚を伸ばして寝転がり、香苗に濃厚なフェラチオを受けていた。

布の少ないブルーのパンティ一枚の香苗は、Ｉカップのバストを揺らしながら、正座したまま背中を丸めた体勢で、仰向けの優真の股間に顔を埋めている。

瞳を妖しく輝かせながら、亀頭をしゃぶったり、舌を這わせたりして奉仕していた。

「あふ……ああ……優真さん、んんん、気持ちいい？」

その隣では母と同じように、白のパンティだけの姿の結美菜が、竿の辺りをピンクの舌でねっとりと舐めている。

四つん這いのまま前に突っ伏すような体勢で、二重の瞳を妖しく輝かせていた。

「うう、すごくいいよ、くうう、ううう」

美少女と美熟女が頬を寄せ合うようにして、一本の肉棒を舐めたりしゃぶったりしている。

もう怒張はビクビクと脈打ち、優真はずっと声をあげていた。

「もっと気持ちよくなってね、優真さん」

最近、どんどん淫らになってきている結美菜は、竿を舌でなぞったあと優真の玉袋を口に含んで転がし始めた。

もともと研究熱心な性格だからなのか、フェラチオのほうもかなりの早さでうまくなってきている。

「うう、すごいよそれ、ううっ、くううう」

桜に３Ｐでもしろと言われた日、ほんとうに三人でしてしまった。そのあとは時折、こうして三人で行為をし、そのまま眠ることが多くなっていた。

「くう、たまらないよ、うう」

美人母子と絡み合うのは、濃厚で淫靡な時間だ。優真も本能のまま快感に溺れ、ただ二人のグラマラスな肉体を求めていた。

「んん、私も、もっと優真くんを気持ちよくしてあげるわ、んんんん」

亀頭を舐めていた香苗が、厚めの唇を亀頭に吸いつかせて激しくしゃぶりだした。

唾液に濡れた頬の粘膜を絡みつかせ、口元を歪めながら激しく頭を振りたててくる。

「うう、香苗さん、くう、ううううう」

いつもは若い娘に、自分のようなおばさんは敵《かな》わないと言ってる香苗だが、たまにこうして対抗心を見せることもある。

母性の強い彼女が嫉妬の表情を見せるのが可愛らしく、優真の欲情を刺激した。

「うう、もう出そうです」

二人の淫らな攻撃に優真は達しそうになっていた。お互いの都合などで、会うのが二週間ぶりなので、肉棒の反応がよすぎる感じだ。

「あん、またビクッて動いた。ふふ、どうする優真くん」

脈打った怒張を思わず吐き出した香苗は、笑顔を見せながらゆっくりと身体を起こした。結美菜もまた母に続いて唇を玉袋から離して起きあがる。

「今日はどっちからする？」

香苗と結美菜は身体を横向きにし、お互いの背中を合わせてベッドに片膝を立てて座っている。

そして同じように色っぽい瞳を優真に向けて、悩ましげな声で誘惑してきた。

「じゃ、じゃあ結美菜ちゃんから」

IカップとHカップのバストを見せつける美少女と美熟女。ずっと見ていたい思いもあるが、優真は興奮を抑えきれずに結美菜のほうを押し倒した。

「あ、いやん」

小さな声を漏らした結美菜は、優真にされるがままにパンティを脱がされ、仰向けに寝て瑞々しい肉の乗った太腿を割り開く。

母と同じくみっしりと生い茂った陰毛の奥は、すでにピンクの膣口が開いていた。

「いくよ」

溢れる愛液が淫唇どころかアナルのほうにまで垂れている。その濡れそぼった女の入口に向けて優真は亀頭を押し込んだ。

「あっ、あああん、優真さん、くうん、あああ」

熱く蕩けた媚肉を怒張が押し拡げるのと同時に、結美菜は悩ましげな声をあげて、ベッドに仰向けの身体をくねらせた。

完全に快感に目覚めている二十歳の肉体が、一気に紅潮していった。

「結美菜ちゃん、すごくエッチな顔になってるよ」

淫らになっているのは身体だけではない。最近、結美菜は顔つきまで変わった気がする。

以前はどこか固さがあった表情も柔らかくなったように思える。そして一度感じ始めたら淫女の顔を見せるのだ。

「ああん、だって、ああん、優真さんが、ああん、こんな結美菜にしたのよ、ああ」

ピストンが始まり、結美菜の胸板の上で丸みをもって盛りあがっているHカップが大きく揺れ始めた。

さっそく瞳を虚ろにしている結美菜は、開かれた両脚を震わせて切ない声をあげた。

「そうだよ。結美菜ちゃんをいやらしい女にしたのは俺だ。いやかい？」

優真はそんな言葉をかけながら、どんどん腰の動きを速くしていく。

なにも知らなかったバージンの彼女が、自分の肉棒で日に日に淫らになっていく姿に、優真は特別な悦びを覚えていた。

「あああん、だって、あああん、恥ずかしいよう、あああん、ああ」

巨乳の揺れが激しくなり、結美菜の喘ぎもさらに大きくなった。

ただまだ自分がいやらしいと認めるのには恥じらいがあるのか、赤く染まった顔を横に伏せて泣き声をあげた。

「じゃあ、ゆっくりにしようか。結美菜ちゃんが恥ずかしい思いをしないように」

少し意地悪な気持ちになって、優真はピストンの速度を落とした。

ついでに腰を少し引き、亀頭を膣の中ほどまで下げてから小刻みに動かす。

「あっ、いや、あああん、だめ、ひどいわ優真さん、ああん、辛いわ」

結美菜は大きな瞳をさらに見開くと、優真を見あげて訴えてきた。

焦《じ》れているのか、自分から腰を突き出すような動きまでみせている。

「辛いのなら、どうして欲しいかちゃんと教えてよ、結美菜ちゃん」

彼女の媚肉もまた、怒張を求めて食い絞めてきている。最奥に突きたてたい欲望に優真は駆られるが、ここは我慢して腰をさらに引いた。

「あああ、だめ、いかないで、あああん、奥、結美菜の奥をして欲しいの」

もう亀頭部が抜け落ちようかというとき、結美菜は必死の顔を見せて叫んだ。

プライドもなにもかなぐり捨てて、自分の股の間にいる優真の腕を握ってくる。

「なにでどこを突いて欲しいのか、はっきりと言うんだ結美菜ちゃん」

そんな彼女を優真はさらに追い込んでいく。この牝を今日はとことんまで狂わせたいという思いに囚われていた。

「ああ、結美菜の……ああ、オマ×コ、ああ、オマ×コの奥を、ああっ、優真さんのおチ×チンで突いて欲しいの」

悩乱状態にあるのだろうか、結美菜は性器を示す言葉もためらいなく叫び、激しく腰を上下に揺すりだした。

そんな娘を見て、裸でベッドに座っている母が、手で口を覆って目を見開いている。

「いやらしい子だな結美菜は。じゃあいくよ、それっ」

優真は気合いを込めると、巨大な亀頭を一気に最奥にまで打ち込んだ。

「ゆ、結美菜はいやらしい子ですう、あっ、ああ、来たっ、あああああん」

必死な顔で叫ぶ美少女の膣奥に怒張が突きたてられ、白い身体がのけぞった。

悲鳴のような喘ぎがベッドだけの部屋に響き、Hカップの張りの強いバストが大きくバウンドした。

「ああ、あああん、すごい、あああん、いいっ、気持ちいいよう、あああ」

普段は知的な大きな瞳を蕩けさせた結美菜は、唾液に濡れた唇を半開きにしてよがり泣いている。

崩れきったその顔はまさに淫婦で、すべてを快感に委《ゆだ》ねた女だ。

「ここだろ、結美菜ちゃんのいいところは」

もうなんども身体を重ねているので、結美菜の感じるポイントもわかっている。

膣奥の右側に結美菜の弱い場所があり、そこに向かって優真は激しく肉棒を突き続けた。

「ひいいん、ああそこっ、あああん、そこがいいのぉ、あああん、結美菜のオマ×コ悦んでる、あああああ」

どんどん崩壊していく結美菜は、開かれた両脚を力なく無抵抗に揺らしながら、ただ肉欲に溺れている。

もう自分が乱れることへのためらいもなくなり、淫語まで叫んでいる。昨日までも充分に感じていた彼女だが、今日はさらにタガが外れたようによがり狂っていた。

「ああ……結美菜、すごい」

そんな娘の変化を最初は驚いた顔で見ていた香苗だが、いつしか色っぽい吐息を漏らして、その豊満なヒップをよじらせている。

あまりに狂う娘にあてられて欲情しているのか、それとも嫉妬心が興奮に変化しているのだろうか。

「香苗さん、エロい顔になってますよ」

そんな美熟女の股間に優真は手を差し込んだ。ベッドにへたり込むような体勢で座る彼女の濃い草むらの奥に、男の太い指が侵入していった。

「あ、優真くん、ああ、だめ、ああ、はううん」

言葉ではそう言いながらも、香苗はフラフラとうしろに身体を倒し自ら腰を突き出してきた。

ムチムチとした白い両脚がM字開脚となり、ぱっくりと開いた膣口に優真の人差し指と中指が吸い込まれていった。

「あああ、そこ、あああん、いい、あ、あああ」

すぐに口を割り開いた香苗は、身体ごと大きくくねらせてよがり声をあげている。

M字の両腿が引き攣って波打ち、その間でIカップの巨乳が小さく揺れていた。

「あああん、あああ、結美菜も、あああん、いいっ、ああ、あああ」

怒張のピストンも休んではいないので、結美菜の喘ぎもどんどん激しくなっている。

「結美菜ちゃんのオマ×コ、すごく狭くなってきてるよ」

大量の愛液にまみれている媚肉も、結美菜が昂ぶるのにあわせて強く怒張を食い絞めている。

腰が痺れるような快感の中で、優真は懸命に肉棒を動かし続けた。

「あああん、優真さんのおチ×チンを離したくないの、あああん、もっと結美菜のオマ×コを狂わせてぇ」

妖しく潤んだ瞳で優真を見あげて、結美菜はさらに激しい突き入れを求めてきた。

「いいよ、おおおお」

貪欲に燃えさかる美少女の膣奥に向かって、優真は力の限りに怒張を突き続ける。

大きく開かれた結美菜の股間に優真の腰がぶつかり、媚肉と肉竿が擦れる粘着音があがった。

「あああん、すごいいい、あああ、結美菜、もうイッちゃう！　あああっ」

胸板の上で巨乳を踊らせながら、結美菜は息を詰まらせてのけぞった。

ピンクに染まった肌が波打ち、形の整った彼女の唇がさらに割り開かれて、白い歯とピンクの舌がのぞいた。

「あああ、イク、イクうううううううっ！」

そこからさらに背中を弓なりにし、結美菜は開かれた両脚をピンと伸ばしてのぼりつめるのだ。

伸びきった足先がヒクヒクと小刻みに震え、肉の乗った太腿も波打っている。

「俺もイクよ、ううう、くううう！」

絶頂と同時に媚肉のほうも強く締めつけてきた。優真は膣奥に亀頭を押し込んで腰を震わせた。

今日の結美菜は安全日と聞いていたので、なにも考えずに精を放った。

「ああ、ひいいん、結美菜、まだイッてるよう、ああ、何回も気持ちいい」

射精を受けながら、結美菜は呆けたような表情で舌を出し、ずっと身体を震わせ続けている。

いつも以上に絶頂の発作が続いているのか、彼女は意識も虚ろな感じだ。

「結美菜ちゃん、もっと舌を出して」

悦楽に浸《ひた》る結美菜の顔を見ているとたまらなくなり、優真は仰向けの彼女に覆いかぶさる。

互いに舌を出してそれを絡ませたあと、唇を重ねた。

「んんんんっ、んくうう、んんんん」

結美菜の甘い舌を強く吸いながら、優真はなんども射精を続けた。

絶頂の発作が収まったあとも、結美菜は呆然とした表情のまま大きなベッドに身体を投げ出し、湿った息を漏らしている。

「んんん、んく、んんんんん」

その横で優真は胡座をかいて座り、母親の香苗からフェラチオを受けていた。

「うう、まだ出したばかりなのにきついですよ、うう」

射精の直後に強い刺激を与えられ、むず痒い感覚に優真は腰をよじらせている。

それでも香苗は娘の愛液と優真の精液にまみれた肉棒を、口内の奥深くにまで飲み込んでしゃぶっている。

「ん、ぷはっ、だって私、すごく中途半端なのよ、ああ、頭がおかしくなりそう」

結美菜をイカせて自分も射精した際に、優真は指を香苗の中から抜いてしまった。

昂ぶりきっていた媚肉を半端《はんぱ》に指で燃えあがらされた香苗は、さらに焦れているのか、フェラチオしながらずっとお尻をよじらせている。

「ああ、でも、固くなってきてない？」

こちらも日に日に牝の顔を強くしている香苗は、亀頭からエラ、竿へとなぞるように舌を這わせていく。

優真の前で四つん這いになり、Ｉカップのバストを揺らしながら愛《いと》おしそうに舐めている。

「だって、うう、香苗さんが、エッチ過ぎるから、ううう」

三人ですると、いつも優真はひとりにつき二回、計四度は射精する。その間に彼女たちはそれ以上に絶頂にのぼりつめ、また欲望をたぎらせるのだ。

正直、きついと思うときもあるが、二人を同時に幸せにすると言った以上、約束は守らなければと奮闘していた。

「んんん、だって、んんん、優真くんのおチ×チン、すごく好きなの」

美熟女は優しい笑みを見せながら、亀頭にチュッチュッとキスをしたあと、たわわな柔乳を手で持ちあげて肉棒を挟んできた。

「くうう、香苗さん、ううう、それ、ううう」

突如始まったパイズリに優真は胡座の下半身を震わせた。熟しきった肌が柔軟な乳房とともに肉棒をしごきあげるのは、たまらないくらいに気持ちいい。

つきたての餅のように形を変える巨乳の中で、肉棒は先ほどの射精を忘れたかのようにビクビクと脈打っていた。

「ふふ、もう大きくなってるわよ」

当然ながら若い優真のモノはあっという間に復活し、亀頭を上に向け、先端からはカウパーの薄液までたれ流していた。

ちょっと情けないくらい反応のいい肉棒を見て笑いながら、香苗は乳房を離して身体を起こした。

「今日は私から」

そう言って胡座の優真の肩に両手を置くと、そそり立つ怒張に跨がり、自ら身体を沈めてきた。

豊満な桃尻がゆっくり降りていき、薄桃色の裂け目の中に亀頭が飲み込まれていく。

「あ、あああん、これ、あああん、いつもすごい、あ、あああ」

焦《じ》らされていた媚肉が、強い熱を持ったまま亀頭に絡みついてくる。

すぐに香苗は顔を崩し、悲鳴のような声を部屋に響かせた。

「香苗さん、すごくいやらしい顔」

「ああん、だってえ、あああああん、優真くんの、あああ、いいのう」

娘と同様か、それ以上に香苗は乱れきった顔で瞳を泳がせている。こんな関係になったあとも普段は清楚な母である美熟女が、自分の肉棒にこんなに蕩けている。

そう思うだけで優真はさらに昂ぶるのだ。

「あ、あああ、はあああん、奥、あっ、あぁ、ああっ」

そして怒張が突き進んで膣奥に達し、さらにそこから深く侵入する。香苗は大きく唇を開いて顔が天井を向くくらいにのけぞった。

「ああ……あ……優真くんのおチ×チン、ああ、たまらないわ」

そしてすぐにうっとりとした表情で優真を見つめながら、色っぽい声で言うのだ。

対面座位で優真のすべてを受け入れながら、ハアハアと息を漏らしている香苗。その姿を見られるのは優真だけの特権だった。

「いきますよ香苗さん、おお」

優真もさらに燃えてきて、怒張を下から大きく突きあげた。

愛液に蕩けきった膣奥に硬化した亀頭が勢いよく打ち込まれ、Iカップのバストが大きくバウンドした。

「あ、ああああん、ああっ、激しいっ、あああん、あああ」

優真の膝の上で肉感的なボディが大きくうねり、豊満な桃尻が波打ちながら叩きつけられている。

香苗はギュッと優真の肩を摑みながら、ただ快感に溺れている。

「あああん、すごいわ、ああ、私おかしくなっちゃいそう、優真くん、ああ、ああ」

「うう、香苗さん、俺も、ううっ、気持ちいいです、ううう」

ねっとりと絡みつくような熟した媚肉の中に、肉棒を擦りつけるようにしてピストンを繰り返す。

「はああ、あああん、イク、ああ、香苗、もうイク、ああ、イクぅっ」

激しい突きあげに香苗は大きく唇を割り開いてのけぞった。肉の乗った腕や太腿をビクビクと痙攣させながら優真の首にしがみついてくる。

「ああ、あああああ、ああ、来てる、あ、あああん」

断続的に身体を引き攣らせる彼女は、虚ろな顔のまま、ただ悦楽に酔いしれている。

自分でもどうしてこんなに感じやすくなったのかわからないと、この前、恥ずかしそうに香苗はつぶやいていた。

「香苗さん、んんん」

かつて夫がいたころよりも香苗は強く感じている。それをはっきりと確信し、優真は自分にもたれかかるように脱力している香苗の首筋に、軽くキスをする。

「まだいけますよね、香苗さん」

もっと彼女を追いつめたい、狂うほどイカせたい。そんな願望に取り憑かれ、香苗の身体をベッドに横たえた。

「あ、まだ私、ああ、イッてるわ、あ、だめっ、ああん」

まだ絶頂の発作が続いているとためらっている香苗の身体を、横向けにする。

そしてＩカップの柔乳を鏡餅のように重ねた美熟女の、ムチムチとした片脚を優真は大きく上に抱えあげた。

さらに優真はベッドに伸びているほうの脚に跨がり、そのまま激しくピストンする。

「あああっ、これだめ、あああん、いま突かれたらっ、あああん、あああ」

片脚だけを掲げた体勢の香苗の股間が九十度に開き、そこに血管が浮かんだ怒張が勢いよく突きたてられる。

まだエクスタシーの発作が続いていた様子の香苗は、呼吸を詰まらせながら横寝の上半身をのけぞらせた。

「いやならやめましょうか、香苗さん」

そんな言葉を口にしながらも、優真はどんどんピストンのピッチをあげる。

もちろん香苗が凄まじい快感の中にいるのはわかっていた。

「あああん、あああ、だめえ、やめちゃいやあ、ああん、奥が、ああんっ、オマ×コの奥がたまらないの、ああ、もっと責めてぇ！」

欲望を剝きだしにしながら、香苗は凄まじい絶叫を繰り返す。

もう完全に牝《めす》となった美熟女は、狂おしいほどに色っぽく、そして淫らだ。

「ああ……優真さん、キスして」

そんな母の暴走にあてられたのか、娘の結美菜が身体を起こしてきて優真の唇を求めて来た。

「んんんん、んん……ん……」

優真はそれに応えて娘の舌を貪りながら、肉棒で母親の膣奥を掻き回した。

「あああ、あああん、またイク、あああ、すごいの来る、あああー！」

ほどよく肉のついた下腹部を引き攣らせ、香苗はシーツを摑んで絶叫した。

横寝の上半身が大きくのけぞり、重なったＩカップが弾けた。

「ひあ、ひあ、イクっ、イクうううう」

最後は千切れるかと思うくらいにシーツを握って引っ張り、香苗は二度目の絶頂を極めた。

優真が持ちあげている左脚がビクビクと痙攣し、汗ばんだ太腿が波打っていた。

「んんん、ぷは、俺も、うう、イク！」

結美菜から唇を離した優真は、とっさに娘のＨカップを握りしめながら、怒張を膣奥に向かって突きたてた。

「あんっ」

やけに色っぽい結美菜の声を合図に、肉棒が香苗の中で暴発し、熱い精液を射ち放っていく。

二度目だというのに怒張は信じられないくらいに脈動し、激しい快感が頭の先まで突き抜けていった。

「あああん、来てえ、あああん、香苗の子宮をいっぱいにしてぇ」

香苗はもし優真の子供を妊娠したら産みたいと言った。もちろん優真にも異存などない。

「出すよ、俺の子供が出来るまで、射精するよ、くううう」

彼女の奥深くにまで届けと、優真は怒張をさらにねじ込んで射精し続けた。


そのあとも母子と求め合い、優真はさらに二度射精した。香苗と結美菜も幾度となくのぼりつめ、さすがに三人ともぐったりとなってベッドに裸のまま横たわっていた。

灯りを落とした部屋で、香苗と結美菜はすやすやと寝息を立てている。巨乳も晒したまま眠る二人の美女の真ん中で、優真だけは眠れずにいた。

(目が冴えてきてる、身体はくたくたなのに)

疲労困憊《ひろうこんぱい》になると逆に眠れなくなると、大学の先輩か誰かに言われた記憶があるが、まさに優真はいまそんな状態だった。

「ふう」

上半身だけを起こし、優真は深く息をした。両隣で目を閉じている香苗と結美菜の、どこか可愛らしさを感じさせる顔を見ていると、少し心が落ち着いた。

(眠れそうだ……)

心が癒《いや》されたのか、少し肩の力が抜けた。ようやく眠れそうだと優真はもう一度身体を横たえようとした。

「うわっ」

そのとき、ドアが少し開いて手が出てきた。暗い中で白い腕だけが伸びてきていて、優真は思わず悲鳴をあげそうになって手で口を塞いだ。

しかもその手はおいでおいでと手招きしている。ただよく見ると指に見たことがあるリングがはめられていた。

(寝たふり寝たふり)

お化けの類いでないのがわかり、優真は関わりになりたくないと、寝ぼけたフリをしてベッドに身を横たえた。

するとこんどは顔だけが開いたドアの間から現れた。眉間にシワを寄せてこっちにこいとあごをしゃくっている。

（なんだよもう）

あまりドタバタしていたら香苗と結美菜を起こしてしまう。優真は仕方なしにベッドから降りて部屋を出た。

「今日は曲作りでイライラしてるんだ。ストレス解消に付き合ってもらうよ」

ドアの前にいたのは桜だ。いまレコーディング前の曲の詰めの段階らしく、その時間がいちばんストレスが溜まると以前にも言っていた。

「無理だって、今日はもう四回も出してんだよ」

桜のストレス解消とはもちろんセックスだ。

さすがに肉棒はピクリともしないと、全裸のまま優真は歌姫に文句を言った。

「四回？　じゃあああと一回はいけるよね」

勝手な理屈を言いながら、桜は優真の頭を腕で抱えこんで廊下を歩きだした。

「なんで五回いけることになってんだよ、無理だって」

優真は強制的に桜の部屋に連行されていく。静かな眠りの時間はまだ先のようだ。


（了）

※本作品はフィクションです。作品内に登場する
団体、人物、地域等は実在のものとは関係ありません。

隣人《りんじん》の淫《みだ》ら家族《かぞく》

〈書き下ろし長編官能小説〉

2023年4月17日初版第一刷発行

著者……………………………………………美野晶

デザイン………………………………………小林厚二

発行人…………………………………………後藤明信

発行所……………………………………株式会社竹書房

〒102-0075　東京都千代田区三番町8-1

三番町東急ビル6F

email：info@takeshobo.co.jp

竹書房ホームページ　http://www.takeshobo.co.jp

印刷所……………………………中央精版印刷株式会社

■定価はカバーに表示してあります。

■落丁・乱丁があった場合は、furyo@takeshobo.co.jp までメールにてお問い合わせください。